甜蜜與卑微

40年的守候，換得一個回眸

郭強生——著

目次

編者序

留住時間，留住一切親愛的

陳蕙慧（木馬文化社長）

《尋琴者》是撿回來的。三萬多字的中篇小說在文學雜誌上刊登，擱了兩年，由於某種神祕的召喚，郭強生把書稿找出來，重又修訂增補了二萬多字，卻一時不知該拿這篇向日本芥川獎作品及《魂斷威尼斯》、《雪國》、《春琴抄》等名作致敬的作品怎麼辦，畢竟台灣的出版者總習於要求一本書的份量至少八萬、十萬字，亦即，無法僅將單篇中篇小說獨立出版，必得再加上兩篇短篇才可能考慮。

對事隔多年未出版小說的郭強生而言，《尋琴者》是再度宣告身為台灣小說家的重要發聲，是他銳意以中篇（或小長篇）此一特殊形式回歸小說創作的全新嘗試。他想做到的是，回到文字本身，由字裡行間織就的情感、念想、渴盼，浸潤到讀者內心，共振出文學的力量。

是的，經由小說，抽象化並共同化自身與他人的生命經驗，在小說的世界裡震盪、純淨受苦的靈魂，這心願，多麼卑微，多麼甜蜜。

也因此，二〇二〇年，《尋琴者》的出版不僅是郭強生個人的大事，亦是台灣文學史上重要的一頁。

原本只熟知郭強生散文的大批閱讀者，竟才驚覺他是這般優秀的小說家，而以往死忠追隨的郭強生小說讀者，以及翻譯小說嗜讀者，也不禁詫嘆這部以音樂、愛與孤獨為主題的作品，簡潔、優美的敘事技藝，和人物塑造的功力，如此純熟洗鍊，兼具故事性和藝術性，是足以與眾多名篇匹敵的罕見傑作。

到了年底，連續五項大獎的肯定，終於讓忐忑的小說家之魂重新歸返。在與出版社思考下一步的計畫時，壓力來了。再次啟航如何定錨？鑼聲若響，將驚動幾重山水？身為一名職業小說家，他最想要交出自己的什麼給予讀者？

我想鄭重在此宣示：這回，郭強生將在台灣小說創作版圖及個人寫作生涯上雋刻印痕、鍛鑄盟記。

他捧在手掌心、低頭向您獻出的是琢磨再三的《甜蜜與卑微》。

從一開始毫不猶豫地選篇，到校稿時多次變動順序，最後且做了多篇的更換增刪，這是什麼緣故呢？

「四十年來，我是始終站在文學創作這方水土上，看似原地不動，但實則有時亦感到退卻，我的心這麼堅定，祈求卻又那麼卑微。我不知道，讀者能不能明白、能不能接受我是每個字每個字都吐出真心在寫。」

「我的起點是文學，藉著這雙翅膀，能否為自己、為同樣歷劫的人找到歸鄉。台北一直在變，我藉著捕捉它的樣子，來確認我和某些幻影真實存在過，是否讀者也能在其中辨認出往昔、家的輪廓、他們穿行的足跡、回返的路途。」

「台北的身世坎坷，遺留下過多的謎。你我的也是，回溯既往，描述它，並不一定能夠找出真相，但是如果遺忘就更不可能了。」

幾回看著作者遠望的眼神，聆聽他的訴說，我也陷入了自己的台北記憶，和身在異鄉時的回眸。因此，當多個白日和夜晚，聚精會神地閱讀《甜蜜與卑微》的書稿，又因順序變換、重新讀過，於反覆巡游中，一遍遍地讀到了郭強生對於「我之生」、「我在何處」、「我寫了（愛了恨了）又有誰會在意」、「我將老衰我將死去」的躊躇、遲疑、徘徊與不安，可儘管如此，百轉心思纏繞間，仍能揣想出，若文字與寫作恆在，則雲霧之外，仍有一架飛機橫過青空，迤邐一抹細長白色尾跡。

文學之於作者與讀者，便是留住時間，留住一切親愛的。

《甜蜜與卑微》要展現的是一名文學創作者，傾其四十年奮力活著、寫著的軌跡。他與那個時代共存、角力，他與那些屋舍街院相容、互斥，他與識和不識的人們相遇、錯肩。他寫自己，也寫時間之流，寫空間，寫浮沉其間的人。他是他們之一，他是我們。

於是，這本作品是生命在台灣、台北的一場追尋之旅。它將是精心籌畫的小說創作典藏展、從日治時期、飄洋過海到原鄉跋涉的一幅長卷軸、一部人生紀錄片、二十世紀跨二十一世紀的時代見證，對於過往已遺忘並埋藏甚多的讀者如我，更彷彿見到出土文物般又驚又喜，一口一口啜飲窖藏老酒般，百種滋味縈繞心頭。

本書共收錄十五篇作品，有短篇小說、長篇節錄，其中多篇從未出版過，如獲得二〇六年九歌年度小說獎的〈罪人〉、分別發表於《聯副》、《印刻》的〈壘〉、〈KTV裡的小說家〉，亦有多篇已絕版，如〈回聲〉、〈掉進湯裡的男人〉、〈等待的女人〉、〈昨日情深〉、〈留情末世紀〉等。

每一篇都是一枚爆彈。或是，如果你埋得過深過久，每一篇都是一截引信，引爆被壓抑的委屈、痛、思念及懊悔。你在分為三大部分的各個五則疊曲之後，忽地，讀到小說家的自語，你看他冷靜自持、憂心忡忡，你看他嘻笑揶揄、促狹反諷，你看他痛徹心腑、舉步維艱。你實則看到了自己。

一共十八篇文章，每一字、每一句，都扛著你的悲喜、遺憾和幻滅。每一行、每一段都試圖打造一條回家的路，呼喚你、提著你的衣領、拽著你的心，和你作伴、請你作伴，向回家的路走去。無論你身在哪裡。

《甜蜜與卑微》，搬演人生的實境秀，小說家這麼說了：

「沒有人發現我遺棄的自己。」（P. 30）

「連世貿大樓都塌了，人生中還有什麼失敗是難以面對的？」（P. 44）

「有些舊東西，應該清一清。」（P. 110）

「沒有人真正想去揭開什麼。從那個時代走過的人都知道，有些事情最好不要多問。」（P. 115）

「二十一世紀？不知為何，都過去五分之一了，我卻仍覺得，那彷彿是條不斷在後退的起跑線。」（P. 147）

啊，若我們將傾力向前的每一刻，都視為不斷後退的起跑線，那麼，一個圓會不會早一點形成？或者，那是一條縮到原點的直線，而我們的人生重負會不會比較輕鬆一些？

我還可以給你更多的句子，但是，更想邀請你來一讀。郭強生的文學鏡像，映照出台灣、台北人的身影，以及，你藏之已久的舊情感傷。郭強生的《甜蜜與卑微》，將台灣、台北的整灣記憶之河為你書寫出來，這是他的祈禱，也是，倖存者的生之回聲。

你我都活在陰溝裡，但我們之中有人卻在仰望天上繁星。
（We are all in the gutter, but some of us are looking at the stars.）

——奧斯卡・王爾德（Oscar Wilde）

家不是你的出生地；家是你所有逃避的企圖終止之處。
（Home is not where you were born; home is where all your attempts to escape cease.）

——諾貝爾文學獎得主　納吉布．馬哈福茲（Naguib Mahfouz）

回聲

一九九五年八月

收錄於《留情末世紀》（一九九六，已絕版）

母親和我在公園裡散步。一個晴朗的日子，約莫是近正午。經過了這麼多年，我已經不記得是學校放假呢，還是我那天又請了病假，總之我們是剛從小兒科看病出來。我那年十歲，一個愛生病的小孩，常年受氣喘病之苦，學校生活之於我幾乎近於空白。

但是儘管我缺課頻頻，我的成績一直很好，尤其語文方面。我想這和我與父母時常相處在一起有關。我的父母常跟我聊天，在我生病的時候坐在床邊，在診所候診室裡坐在長板凳上，還有在往返家和醫院的計程車裡。街景在車窗外流逝，他們有一搭沒一搭地和我聊著，我望著窗外，靜靜地聽著。

其實都不是說給孩子聽的故事，只是他們自己的零星想法，突然升起的一些感覺，幾乎是旁若無人地就脫口而出。可是我努力地想記得他們說的每件事和每句話。我的求知慾其實是心底罪惡感的折射。對自己如此多病我一直想找尋彌補的方法，譬如說，如果我博聞強記、聰慧過人，那麼我相信我的健康缺陷就可以被原諒。

那一個上午，母親出奇地安靜。

公園裡空空蕩蕩，一個平淡而寧靜的普通日子，普通到你不相信會有任何事發生。我們走過一條彎彎曲曲的石子路，看見賣煮包穀的小販。當他打開了竹蒸籠，白茫茫的水氣立刻噴散如雲霧翻攪，我想像著故事書裡那個被關在神燈中千年的精靈即將出現。小販扯下一頁小學國語課本，把包穀裝起遞給了我。我立刻認出了那是我們那學期正在上的課本。

第十二課，拯救水壩的英勇少年。

雖然老師還沒教到，但是每學期拿到新的國語課本，我大概在第一個星期就把整本書看完了。濕答答的課文被拿來包食物，我看著看著，說不上為什麼，倏地有點懷念起坐在課室裡的感覺。

還是新的。我展開皺巴巴的那頁課文，奇怪這個學期才開始，怎麼課本已經流落在小販的手裡？跟母親說起自己的疑慮，一邊鋪陳起整個可能的情節：有一個小孩子讀了半學期就輟學了，也許現在成了鐵工廠的學徒——

然後我自己也說不下去了，想到了那個小孩現在的日子。

公園曾經是一座高爾夫球場，一望無際的綠地，卻看不見幾棵樹。有的也只是新栽，矮矮瘦瘦，葉不蔽枝，孤零零地站著。時節是早春，儘管豔陽高照，但是走在這樣一片空曠的土地上，只覺得遍身颼涼。綠色小丘一波波橫展在面前，隨同四面悄然向我湧來，我分不出突然感到的微眩是由於自己的耳鳴，還是這片草地的脈搏。

「媽。」

也許是這樣奇異的靜謐懾住了我，下意識就握住了母親的手。沒有回話。我轉過臉，擔心她是不是又開始鬱悶起來。就在幾天前，我發現她會抽起父親留在家裡的香菸，一個人坐在餐桌前，狀甚憂煩。

記憶中那是她人生幾段最不快樂的日子之一。辭去了工作，發現完全無法適應家庭主婦的生活，而父親卻在那時開始與電影界往來密切，早出晚歸。原來家裡雇的一個全天女傭也開掉了，因為母親向來是家裡的入薪較高者。父親有一份安定卻不豐碩的教職，沒有課的時候，他總會花時間在家陪我。

沒有了那些女傭，我是最高興的。她們喜歡撒謊、愛偷東西，對我擺臉色，讓我覺得自己是個被寄養的小孩什麼的。有幾個女傭還上了父親的床。

每次有這種事爆發，我就得餓肚子，聽著父母沒日沒夜的口角衝突。我不覺得害怕或難過，只是不解。尤其是技術上的困難性。怎麼會發生在同一個屋裡，而我完全不知道呢？他們是怎麼支開我的？

直到現在，我還在推敲，可能是發生在下午我午睡的時候嗎？父親常會用說故事來交換我的午休。那是一個小金魚找媽媽的連續故事，每一次小金魚都會在河裡認識一個新的生物。故事到後來怎麼了？好像從來沒有聽到它的結局，就像很多真相也一直不得解。

常常會覺得像是共犯，卻又無法澄清自己並不知情。家裡也沒有其他人可問，除了一個大我十餘歲的哥哥，在他城念大學。偶爾幾次當我生病的時候，會碰上他放假在家。有一回近黃昏的時分，他進房間扭亮了我的燈，病床上的我著實嚇了一跳。我可以聽見父母在樓下客廳裡爭吵，想不出來怎麼屋裡還會有第三者出現。

像絕大多數那個年代的大學生一樣，他蓄了及肩長髮，穿著有燙印圖案貼紙的藍牛仔褲。有一股陌生的氣味阻在我們之間。不知名的傢俱味道，不像自己家中任何一個衣櫃中樟腦丸、混了木料油漆、那熟悉的乾燥氣味。在外住久了，他身上是菸草和陰陰的潮溼味。我們倆聽著樓下客廳傳上來的爭吵，臉上都出現了訕訕的表情。

在陌生人面前被父母的言語舉動所窘，大概是每個小孩都有過的不愉快經驗。我才意識到在哥哥面前，我的不安感覺竟帶了類似的成分。兩個陌生人。

「你需要什麼嗎？」他斜靠著門框，並不打算進來房裡。

「我想，該吃藥了。」我抓著毯角，客氣地回答：「去叫媽來。」

我想他看我也是一樣遙遠。漠漠地，沒什麼相干。我的出生在他以為，很可能只是多餘。婚姻不穩定，又相隔了十年，何必再有一個小孩呢？他生命中的前十年完全是父母眼中的獨子，然後我的出現一定讓他有一種嚴重的被欺騙的感覺吧？

是不是父母在我出生前曾分手，之後又復合，這個答案也許他會記得，然後某一天會跟我揭曉。但是我很難相信，這種親密的對話會發生在我跟他之間。

*

「我們過去那邊坐下罷。」母親說。

前方灌木叢間排列了幾張鐵涼椅，我們慢慢朝那兒走去。一整個上午，我們在公園裡晃盪，沒碰到第三個遊人。太陽比適才強了些，刺目的光線讓我們誤以為涼椅就在不遠處，等走近我們才發現，看錯的不只是距離而已。

那排涼椅不是空著的，其中有一個小男孩坐在那上頭。

奇怪母親和我兩個人之前都沒注意到他。那孩子很小，兩歲差不多，沒有人照管。然而，我們的出現好像已經有人通報過，他一點也不吃驚，直直地盯著我們瞧。他有點怪異，可是我說不出所以然。好奇心緊緊抓住了我。

他的相貌平凡，幾乎有一點太平凡，平凡到了不惹人愛的地步。沒有瞇瞇的小眼睛或是粉撲撲的臉頰，他只是小動物一樣安靜、遲緩、鼓鼓囊囊坐在那兒，帶了蠢相。他辛苦地仰頭看著我們，不懂得拿手擋開直射在臉上的大太陽，只有皺緊了眉頭。那張表情有一點悲傷意味，彷彿在求救。

我被他的表情震住。是什麼事讓他看起來這麼苦惱？終於他低下了頭，我也順著移下了視線，打量起他身上那一堆東裹西包的衣服。

雜亂的顏色像裝得太滿的洗衣籃。藍色的夾克，從領口和袖口擠出大截黃毛衣，看得見已經在脫線，還有已經變了色的陳舊油漬，不知是哪一頓飯留下的。可笑的是，藍夾克竟新簇簇。農曆年才過去沒多久，大概是過節的裝束。但是三月天裡那麼穿戴已經嫌太熱。這還不算，一件紅毛線背心還穿在夾克和毛衣之間，幾乎快被撐破，顯然太小。

然後我才注意到那雙鞋。

不知是怎麼套上的，左右腳錯了，兩隻小鞋朝反方向扭曲著，好像變了形的腳，痛苦地長在那裡。本來應該是朝內的那弧線，現在各自向外，猛一看像是兩個小人吵架了，現在賭氣背對著背，不說話。

那孩子滿臉的汗，一動也不動。但是當他突然意識到什麼，也低頭去看自己的腳時，我吃了一驚。可憐的孩子，根本看不出哪裡不對勁，原本就有些悲傷的臉上，又增加了更深一層的困惑。

一雙穿錯腳的鞋，顯然是大人的怠職與不負責任所造成，但是這一層意義並不是那幼小的孩子所能體會的。

又一行汗水從他的額角經過耳際，流進了頸窩裡。「父母上哪兒去了？」母親自語道。

「也許就在附近？」我說，一面用眼睛四下巡邏：「也許他們去找公共廁所，還沒回來。」

「你看那一身裹的！」母親繼續說道，語氣突然充滿了不耐和嫌棄：「八成是他老子給他穿的！只有男人才能馬虎成這樣！」

但是這附近沒有男人的影子。我的擔憂開始隱隱膨脹。不理會母親的話，我企圖和那小孩溝通，好發現些什麼線索：「你餓不餓？」

沒有反應。我把話重複一遍，他仍然無動於衷，汗仍然滲流，仍然是那副苦惱的表情。

「看那年紀應該懂話了，」母親下了結論：「難道是聾子？」

無聲地坐在那兒觀察我們的他，下一秒突然微微張開了嘴。

「他是餓了！」我興奮地反駁道，感覺鬆了一口氣。我記起了我們才買的煮包穀，趕忙剝了紙，撕了皮，母親一語不發，面帶懷疑地看我動作。我才把食物準備就緒，那孩子的嘴已經又合上了。

我沒法逗他張口去啃那根包穀。我想他不喜歡吃那玩意。也許他根本不認得那玩意。

我沒有弟妹，從來也不曾跟幼小的孩子相處過，感覺非常技窮。我就一直固執地握著那根包穀，等他下一步的反應。他看看包穀，又看看我，我彷彿看出他也很灰心，因為無法讓我瞭解他的意思。

＊

「好了！」母親終於又開口了，按捺著脾氣哄我：「人家父母搞不好馬上就回來了，不喜歡看見有陌生人拿東西給他們孩子吃的！」

那麼他們人在哪裡？我的胳臂伸得也痠了，那小人有所感應地打了個呵欠。呵欠？難道他剛剛不是肚子餓，只是一個沒有這麼明顯的呵欠？

我一下說不出話來，覺得十分丟臉。但是隨即就想出了另一套理由：如果他繼續一個人坐在這兒，待會兒也一定會餓的。這個想法似乎頗能掩飾自己的錯誤，我立刻又有了新決定，開始主動把一顆顆包穀粒剝下來，放在掌心伸出手來餵那孩子。

「別胡搞了你！」母親推開我的手：「別管他了行不行？你這是餵人還是餵狗？你聽見我說的沒有？」

我的臉又臊紅起來，知道這個舉動的不妥，於是趕忙乾脆抓起那孩子的手，把包穀粒倒進他的手掌裡。但是他完全不合作，不攏起手指，結果包穀粒一顆顆從他肥短的小手指間全掉了出去。

「回家了！」母親帶了命令的語氣。

「那他怎麼辦？」母親那樣若無其事的態度讓我愣了一下。

「他的父母就快回來了。」

我從小察言觀色最在行，大人們若是隨便編故事來哄我，我可以立刻從他們的漫不經心和自認權威的表情中判斷出來。「丟下他不管，他死在這裡怎麼辦？」我的不安不知是來自母親冷漠的藉口，還是那孩子的無依。

「別胡說。」

母親打斷我的話，扭開皮包開始找她的菸。她忘記帶出來了。但是這時我只顧著在擔憂那小孩，她沒菸可抽無法讓我有任何慶幸的感覺。

幾天前我才又聽見她跟父親吵架，說她開始抽菸是因為每天在家「看孩子，悶得快要瘋掉了」。

他們稱自己「大人」，好像他們知道所有的答案。我卻從來不會因為跟「大人」在一起而特別覺得安心。我很小就看出來大人其實善變多慮，他們也會受傷，他們有時候也會很自私。也許他們看孩子們就如同孩子們看他們一樣會害怕，因為孩子的心他們進不去。至少他們就從來看不見我的心思。

我一直是個容易被旁人情緒影響的孩子。在學校裡每次看見別的同學受體罰，我都坐立不安。雖然籐條從不曾落在自己身上，但是不表示我不能理解那種痛。在同學面前受罰受辱的小朋友，老師們一點也不瞭解他們。他們不是懶，也不是壞，有些真的就是反應較差，學習較慢，慢到連受罰的理由都搞不清楚。老師從來看不見他們疼得掙紅的臉上，總有那樣不解的表情。

再看到涼椅上坐的那個小孩，我的心思止不住地跳動：「他會不會——是個白痴？」

「白痴？」母親喃喃重複了一遍那個字眼，卻一點也沒對我這樣的新發現表示驚訝：「我看他只是認生。小孩子都認生。」

但是我已有自己完全不同的結論，整個故事在我腦海中上演：天黑了，風起了，四下仍然沒有一個人經過。這孩子依舊不解地獨坐在此，不解怎麼沒人帶他回家，回到他熟悉的床上，他每晚相依的那條毛毯旁？即使是遲鈍，也一定還記得家這個地方吧？只是他說不出口，不能求救，只能無助地坐在原地，一個呵欠連著一個呵欠。

他似乎現在已經習慣了我們的存在。但是，我不禁懷疑，這個早上是不是還有其他像我們這樣的人，曾經站在他面前，端詳研究，打量考慮了半天後，終於離去？

如果待會兒我們也這樣走了，他是不是還會想著我們？

「他在等他爸爸，我相信他爸爸就要回來了。」

原本是想讓我安心，但是母親的語氣卻明顯地不經心：「小孩子和大人走散了是常有的事。記不記得你有一回就跟你爸爸在電影院裡走散了？這種事每天都會發生。恐怕每一分鐘都在發生。好啦，該回家了，吃藥的時間就快到了——」

「不是走散了！」我被我自己接下來要說的話都嚇了一跳：「他是被人丟在這裡的。」

母親光聽著，沒有特殊表情，好像這種事也是每一分鐘都在發生。我的語氣變得更加迫切起來：

「因為他腦筋有問題，他們就不要他了！他是個負擔，是個麻煩。有的父母怕麻煩。我們不能把他留在這兒不管！」

母親的話令我既失望又憤怒。但是她卻在這時閉上了口，讓我自己一個人繼續著急，彷彿我是這個世界上唯一能對這小白痴有同情心的人。

「我不理你了！」母親冷不防就咆哮了起來。坐在那兒的小人怔了一怔。我可不會被嚇到，在家裡我是聽多了她和父親叫罵時更激烈的聲調。

「我再跟你說一遍——」

我盯著她的臉。

「我知道你這個小孩問題特別多。但是我也有我的問題。你看不出來你媽很累了嗎？你不曉得我連自己的問題都顧不了嗎？」

「什麼問題？」

我不明白那一瞬間我哪兒來的那麼大勇氣，出現一般孩子想像不到的殘忍：「想回去上班就上班，想離婚就離婚，想不要看孩子就不要看！」

「你敢再給我說下去?!」

她開始急促地吐出狂亂的句子，彷彿被什麼駭懼的東西在追趕著：

「你為什麼要在一個不認識的小孩身上花這些精神？你能不能先管好你自己不要生病，嗯？你為什麼要跟你爸說我抽菸？我抽菸關你什麼事，啊？你是個很麻煩的小孩！我現在就已經知道了，你長大了以後會是個更大的麻煩！你跟你老子說你想做畫家？你現在就開始要我擔心對不對？我警告你，現在立刻給我閉嘴，乖乖回家吃藥、吃中飯、睡午覺！否則你就一塊兒跟這個白痴留在這裡！」

母親一輩子不知道怎麼控制她的情緒。我在往後的歲月裡，一直不能忘記當時的景象。我從來沒有過那麼茫然的感覺，四周的草木一直退後，離我愈來愈遠，就像是那整片公園的草地突然快速地擴大延伸，而我只能孤單地在一片無邊無際的土地的中央繼續站著，彷彿自己正一吋吋縮小卻無法動彈……

*

多年以後的某一日，我在蘇活區租賃的畫室中醒來，突然意識到，背棄原來不是那麼困難的一件事。

越過了半個地球，我來到這裡完成自己的夢想，一些人一些事必須放手拋棄，似乎是應該的代價。我的過去留在身後，包括我的父母。他們仍然繼續爭吵，沒有任何人在他們身邊，他們有的只有對方，和無止境的怨懟。

拋棄不下，只有一起沉淪。

有時我還會想起那一個上午，我和母親在公園裡發現的小孩。那一天是怎麼結束的？好像是終於看到有人走近了，我們才動身離去。那孩子後來怎麼樣了，無從知曉。不過我確實在次日翻遍報紙，直到徹底相信，沒有人在公園發現一個小孩被人遺棄。

沒有人發現我遺棄的自己。

壘

二〇一三年十月二十二至二十三日《聯合報副刊》

原名〈完美〉

1

二〇〇一年九月的那個早晨，二哥與他當時的未婚妻起床後照例又繼續開始為婚禮籌備意見不合，口角激烈到甚至要解除婚約，等到二哥怒氣沖沖奪門而出，他已比平常出門時間晚了許多。

從皇后區搭地鐵進曼哈頓路上要一個小時，在時代廣場站轉車的空檔，他撥電話進辦公室請假，正奇怪電話怎麼撥不通，未婚妻的電話就來了。從當年還很奢侈的Nokia手機中聽見了對方哭得亂七八糟的聲音，二哥這才知道他辦公室所在的世貿大樓發生了什麼事。

他失魂落魄地掛掉電話，轉身走進同月台上反向的列車。然後在地鐵搖搖晃晃駛出隧道開上郊區高架，九月陽光突然就灑滿車廂的那一刻，二哥不但打消了暫停婚禮的念頭，更無視於自己在眾目睽睽下淚流滿面，拿出手機，按下了回撥，劈頭就對他的未婚妻說：「我愛妳」。兩週後他們在法拉盛一間中餐廳簡單地完成了婚禮，之前所有爭論的細節，我的嫂子都沒再堅持。

如果故事只說到這裡，相信聽到的人都會被感動，什麼末世誓言生死與共相濡以沫……種種的偉大形容恐怕都會浮上心頭。

事實上，這場傾城之戀的男女主角婚後吵得比以前更兇，而且我那六年來仍在產後憂鬱的嫂子，更多了一條可以數落二哥忘恩負義的罪狀。照她的說法，二哥應該感謝那天她的救命之恩，要不是大清早她發了那頓脾氣耽擱了他，他肯定早死在那座塌了的大樓裡！而二哥對此的回應則只有冷冷一句：

「那天死了倒乾脆了……」

2

二哥是我們三兄弟中最有出息的。

不像我，大學時叛逆念了全家人都反對的戲劇表演，而大哥的叛逆比我還有氣魄，只念到高中就放棄，畢業後在華人社區的一家旅行社一做就是十幾年。唯一讓父母的移民夢能得到安慰與報償的，只有二哥這個當年唸到了MBA，在華爾街上班的金童。

一直到了那個紐約的早晨。我的台北時間夜裡十點。看到電視新聞播出的畫面後，我開始猛撥二哥的手機，等到聯絡上已經是六七個小時後。

二哥與未來嫂子難得一同回到了爸媽家晚餐，出身本省籍大家族的大嫂還特別煮了豬腳麵線。電話上二哥直說自己大難不死必有後福，然而，從他不停咯咯發出的笑聲中，我仍感覺得到二哥佯裝開懷背後的一種恍惚。

一種似乎帶著失望的不知所措。

果然在掛電話前，在一屋子人對恐怖攻擊七嘴八舌的喧嘈背景聲中，二哥顯然因為不想被爸媽聽見，而突然改用英語對我說道：

「人生到頭來可能都是一場空，選擇A與選擇B其實都沒什麼不同。The point is, are you ready?」

即使感覺跟二哥可以無話不說，但是隔了好多年後我才發現，奇怪我們竟然從來沒有好好聊過，關於那個早晨在回家的地鐵上，他還想到了什麼？

3

一九八〇年，我們的父母離開了台灣。在那前一年的台美斷交，與再之前一九七五年的越南淪陷，都讓逃難逃怕了的他們如驚弓之鳥。

那年頭公教人員薪水低，親朋裡轉做貿易或開工廠的，都已大幅改善了生活，我們一家五口卻還住在老舊狹小的公家宿舍裡。買不起房，世局又動盪，讓父母更覺灰心而倍感前途茫茫。乾脆趁中年還可靠勞力在美國打工，他們決定結束在第二故鄉昏灰暗淡的日子，於是再度上路，橫越過半個地球，抵達了他們第三個故鄉。

所幸當年抓非法移民不像後來那麼風聲鶴唳，到了美國反正沒人認得，原在水利局擔任小科長的老爸，跑去紐澤西大西洋城賭場當起荷官，小費雖可觀，但平日得住在那邊，只有週一才得休假回到皇后區法拉盛的家。母親幫人織毛衣，在家工作方便照顧當時還小的三個男孩。辛苦十年後終於等到大赦，我們正式成為了美國公民。

法拉盛那個地方在早期就是一個偏僻郊區，沒有大型的 mall，電影院就那一兩家，而且天南地北相隔。住在曼哈頓的人會來到這個七號地鐵的終點小城，若不是因有移民親友居此，八成就是棒球迷，因為每季大聯盟職棒賽不是在洋基球場，就是在這附近的 Shea Stadium 開打。

二〇〇九年 Shea Stadium 被拆除改建成為停車場。那時我們兄弟三人都已為人父，難得又聚在一起，因為二哥即將前往武漢去創業。我們討論最後要去做一件以前從沒一起做過的事，算是給他送行。最後竟然選擇趕在 Shea Stadium 消失前一起去看了場球賽。

從小，大哥給我的印象則一直像是另一個世界的人，走在路的另一邊，過著他自己的日子。這與父母移民來美時，他已國中畢業或許有關。大哥從不掩飾他的不適應與缺乏在美國社會更上層樓的興趣，如此理所當然地吃他的中國菜，看他從錄影帶店抱回來的台灣綜藝節目與連續劇，彷彿拒絕調整時差般，延長著他在地球另一邊的作息。

父母甚至帶著某種內疚，包容著大兒子這樣的我行我素，卻對二哥與我的課業始終嚴厲督促。這種差別待遇，在我尚年幼時並無特別抱怨，因為大哥租的那些錄影帶，與他的錄音機裡成天播放的國語流行歌，對我來說既無意義，也無從分享。

初中的時候我曾有過如此狂想，也許，大哥其實多年來一直過著旁人不知的雙面人生活，搞不好哪一天等他上了報，我們這才知道他炸掉了某個郵局已成為被ＦＢＩ通緝的恐怖份子。

但畢竟我們只是個再平凡不過的移民家庭，還出不了這種轟轟烈烈的人物。

4

那個秋日的下午，大哥開車，我們三人到了體育場，也沒管是哪兩隊在爭霸便買了熱狗可樂進場，和一堆激動叫囂的球迷們擠坐在看台上。

原來是紐約大都會對上波士頓紅襪。

廣闊的球場在陽光下與在電視轉播畫面中看見的不太一樣，因為歷歷在目而感覺距離都拉近了。看見四周那些大個子時而鼓掌時而嘆息的表情多端，讓我覺得吃驚而不住暗笑。有人塞給我們為紐約大都會隊加油的小旗子，我們跟著大夥兒搖了幾下就放下了，心裡都有些什麼說不出的感觸。

成年之後，在工作與生活上的差異，確實讓彼此漸漸疏於聯繫。三人相約一起鬼混，距離上回少說都恐怕已經是十年前的記憶。

去體育場看球賽只是為了想緬懷一下這個即將消失的地標，三人既不是紅襪隊也非大都會的球迷，真要說起來，或許對洋基隊還有點關心，不過那也是在王建民走下坡之前。做為一個移民，好像也別無選擇，只要是華人血統的體育明星都曾經力挺，從滑冰的關穎珊，網球的張德培，籃球的姚明，到後來的王建民，看著他們崛起，然後看著他們一個個受傷、失誤、力不從心，最後離開了聚光燈下，還真是令人有種說不出來的惆悵。怎麼就站不上那個無人能敵的巔峰呢？

看一場不關心誰輸誰贏的比賽還真是有點無趣。起初還會跟著周遭的人煞有其事地助陣加油，等到比數拉開，紅襪勝算已定，我們都不再出聲，光呆盯著遠遠場子裡的球員小小身影在壘板間跑來跑去，或是抬頭看看巨型螢幕上，又是哪個球迷別出心裁的裝扮被攝影機捕捉到。無法投入專心看球，當然也是因為二哥要赴大陸的決定，讓大家的生活都受到了衝擊。

幾個月前已開始鋪天蓋地而來的金融海嘯，不但讓二哥的基金股票投資慘賠，還被裁員潮波及丟了工作。這也是為什麼當有朋友招手，二哥毅然就決定去中國從頭開始。

不過我知道背後還有另一個重要原因，就是藉此與二嫂分居。

某些一九八〇後才移民的台灣人，他們來到美國不是為了躲避戰亂或貧窮，而是為了證明自己高人一等，對於從其他地區來此、或是經濟條件比他們差的移民，也多半帶著看待奴僕似的冷漠。就像二嫂那一家。親家公曾經在國營事業任職高位，搞了個小老婆又不想離婚，怕鬧得身敗名裂，於是母女三人來美定居，由老公支付所有開銷，算是夫妻協議的條件。

大概這就是他們的家教，我想。顯然二嫂很習慣這種分居的邏輯，只要她在美國能夠繼續無所事事刷卡就好，老公在不在身邊並不要緊。兩人的婚姻眼看也只能暫時這麼耗下去。

5

小時候跟二哥倒是成天黏在一塊兒的。只相差兩歲，來美時都還是上小學的年紀，我們努力與新同學打成一片，同時也是彼此在學校裡最好的後援。雖然在家裡都說中文，但是我和二哥的對話中，永遠會夾藏了一些只有彼此才能會心的美式幽默，哥倆有屬於自己的暗號。年紀還小的時候，我們甚至喜歡以帶有種族歧視的字眼互開玩笑：

「Hey you, chink（中國佬）！有沒有看見我的書？」

「讓開啦！Just move（滾）！Move back to your own country, will ya（何不滾回你老家）？」

當時只覺得種族笑話有趣，美式的自嘲，拿自己搞笑，更是在學校裡生存的一種手段。對自己的身份沒有捍衛概念，在那些白人黑人波多黎哥同學的眼裡，我們的存在顯得無害，卻也無味。在一個膚色種族語言文化如此多樣的移民國度，我們都只是披薩上撒置的食料。披薩則永遠是披薩。要知道自己代表的是哪一種口味才有自己的位置。最怕的是既不想當披薩上的配料，卻也自成不了一道美食。

大學剛畢業的頭幾年，起初我還很有衝勁地爭取試鏡的機會。在紐約一籌莫展，開始飛來飛去，洛杉磯、多倫多、甚至香港，只要有工作都願意接，忙了半天還是跑龍套。亞裔同業中連曾經在伍迪艾倫電影中得到主角機會的，都已經改行去做房地產掮客了。我開始緊張，不知道這樣的日子還要過多久？

一九九九年，台灣陶喆王力宏正當紅，成天在電視上都可以看見他們的翻版，穿著嘻哈垮褲洋腔洋調，比劃著 Yea-yea 招牌手勢。還沒有吹起本土懷舊風的台北，韓流還沒有成氣候的年代，年輕人模仿美國流行文化的腳步之快，走進夜店迪斯可這些地方，會讓人誤以為是哪個美國高中在台北舉行同學會。我心想退一步來到台灣探探風向，賺點外快，為了更長的奮鬥儲備糧草，這並不丟臉，也許正好遇上李安在台灣籌備新片也說不一定。

沒有碰到李安，反倒是被另一位綜藝界大姐青睞，一年後撈到一個出唱片的機會。好在台灣觀眾並不在意我之前都是龍套演員，像我這種台灣出生想在好萊塢打天下的到底也算稀有。曾經在片場遇上基努李維或阿湯哥立刻像粉絲一樣要求的簽名與手機合照，如今都派上了用場當作宣傳包裝，儼然我也成了台灣之光。

那種感覺十分詭異，你不能違背那種群體意志對你的期待。經紀公司甚至不准我接演任何電視劇，因為據說我那口太過標準的外省國語會給人老派、不合時宜的距離感，這跟我的R&B曲風太不搭調。

在美國演戲，亞裔小角色總被要求一口不標準的移民英語。沒想到，在台灣還是得靠改變口音吃飯。我安慰自己，至少這情況比較像是美國演員能操一口英國腔，算是加分吧！不時在心裡出現的尷尬與疑慮，持續到了世貿大樓倒塌畫面不斷重播的那個晚上。終於，瞪著螢幕的我在那個晚上鬆了一口氣，甚至可以用慶幸來形容當下的心情。

連世貿大樓都塌了，人生中還有什麼失敗是難以面對的？

我無法想像少了世貿大樓的紐約市，就像無法想像再回去美國，繼續過著等待試鏡、為的只是情境喜劇中某個洗衣店或中餐館送貨員角色那樣的人生。放棄成為自己心目中如勞勃迪尼洛之流的演員，原來並沒有那麼難。The point is, are you ready?

6

轉眼在台定居已近十年。三十二歲那年結了婚，娶了一位頗有媒體緣的網拍女王。Yumi做事比我有條理，懂得為生活打算，若不是她，我這個過氣歌手早就沒了舞台。我目前的工作是在做直銷，頂著曾是美國歸來偶像歌手的光環，專賣一些「如何讓孩子贏在起跑點」的商品，例如幼兒英語學習遊戲、助長孩童骨骼發育的補充蛋白質之類的。這兩年見談話性節目受歡迎，Yumi開始跟製作人們猛拉交情，夫妻倆上節目談八卦瑣事，也算重返了螢光幕。

我的婚事父母一開始就反對，認為我不務正業也就罷了，要結婚的對象不找個能相夫教子的乖乖女生，竟然還是在夜店跳舞認識的。原本我們遠在台灣，與爸媽倒也相安無事，偏偏老婆懷孕後決定要來美國待產：「你是美國人，你兒子在美國生，有什麼不對？」

其實是她覺得自己嫁了個美國老公，卻從沒來美國長住個半載一年的，心裡有些不平衡吧？這一長住，難免就跟母親多了磨擦。這回本邀她一道帶孩子到美國全家團圓一下，她竟然說網拍生意走不開。

大哥這次希望我回家一趟，想來並不光是為了給二哥送行而已，這我心裡早已有數。

說來好笑，三兄弟中到頭來竟會是那個適應不良、只念完高中的大哥最後在美國安身立命。娶了一個和他同樣對生活從沒有過太多想頭的女人，孩子有了就得生，工作丟了想辦法再找，日子總得過下去。911後，原本工作的旅行社因美國國土安全警戒升高，一度經營不善，大哥因此在近半百之年重新去考了個地鐵局基層管理的工作，大嫂也去弄了張指甲美容證照，跟一群大陸移民的婆婆媽媽們，一天八小時坐在小板凳上為人修腳搽指甲油。

我永遠記得，當時大哥對於我決定回台灣發展時的反應。「成不成得了李安或成龍，那都是命，去哪裡其實無關吧？」他是這麼說的。我至今仍不解，那到底算是鼓勵還是潑冷水。

三年前父親癌症過世後，母親的照護便是個常被討論的問題。老人家八十二歲身體尚健朗，之前雖獨居，也還有兩個哥哥幫忙隔天輪流照應，並沒有造成什麼負擔。但是去年老人家跌了一跤，人就散了氣，現在早晚都得有人在身邊。

我知道，他們想把這個球丟給我。如果我不伸出援手，那就得討論下一個選項，趁母親生活還能自理時，還有設備比較好的安養中心願意接受。只是，怎麼跟母親開得了口？兒子媳婦就在身邊，讓她情何以堪？

顯然兩個哥哥對我也開不了口，希望最好是我自己先出聲吧？如果兩個哥哥有各自的盤算，那我也得承認，奉老婆之命，帶了五歲的兒子丹尼爾跑這一趟，也不光是來給奶奶問安而已。關於 Yumi 的計劃，我等了三天了也還沒等到那個可以啟齒的時機。

7

球賽進入第六局，我看了看手錶，想到把丹尼爾留在大哥家也已經超過三個小時，做為父親的我難免開始有點掛心。

見我一口氣把紙杯中的飲料喝光，二哥偏過頭問道：「是不是該走了？等會兒還要回去先接媽。」

「還早嘛！」大哥插話進來：「對了，乾脆先去把小朋友帶出門，讓他們在公園裡玩一玩，然後再一起去媽那裡，如何？」

我的腦海中不自覺放映起小時候大哥教我和二哥投球的回憶。在自己家附近的草地上，在週日金色西斜的陽光中，路旁山茱萸樹開滿了一串串的小白花，風一吹來便如雪花滿地。長我六歲的大哥，在後來的家族聚會裡已取代了爸媽的角色，只見他忙著招呼這安排那，與大家熱絡卻也不會更親密。

不知道大哥是否也曾在同樣地點教過他的小朋友打棒球？

一個不注意大都會隊擊出了一記高飛球，眼看就是全壘打，一路飛速直直朝我們這個看台的方向逼近。附近的觀眾立刻群起騷動，呼擁著伸長臂膀做出接球準備，沒想到那球不偏不倚就往我頭上尋找落點，我吃驚之餘雙手護頭竟接了個正著。

聽到周圍響起了一陣掌聲，我不知所措地看著手中的球，尷尬不安遠超過驚喜，彷彿遇上了什麼惡作劇似的。

大哥在我肩上用力一拍：「老三，這真是天意！」

什麼意思？

就在回美的前兩天，我和Yumi去參加了某個談話節目的錄影。那天的題目是台灣與美國對幼童教育觀念的差異，其他幾位來賓，全是當年和我一樣，差不多時候從美國回來台灣，進了演藝圈攪和的一幫人。沒有相見歡的喜悅，錄影前在化妝間碰到，彼此只有淡淡地打了聲招呼。

曾經結伴呼擁著進出台北各大時髦夜店，自以為是媒體寵兒極盡作怪之能事，打著美國長大ＡＢＣ的名號，強調自己與本地的差異，趁勢迎合本地對國外的美好想像：陽光、熱情、瘋狂。幾年後這股風潮退去，台味翻盤成了流行新品，台妹台客電音夾腳拖俗擱有力。

如今又再度聚首攝影棚的幾人，都已經中年，都沒大紅起來，都還在這個圈子裡打工。如今還會出現來錄影的，大家有著某種的心照不宣。

是的我們都還繼續滯留在這裡。缺席不再聯絡的，不是看苗頭不對就嫁進了政商之家把美國名校頭銜當嫁妝的女生，要不就是本來家裡就有點底子來演藝圈只為把妹好玩的紈褲子弟。經過了本土化洗禮，我等全然不覺自己已被台化，也從來不相信自己將會在此終老。

等待開錄，在化妝間主持人一張臭臉，並沒把我們幾個通告咖放在眼裡。此人的走紅對我這個非土生土長的新台灣人來說是個弔詭。經常發表反中言論，卻把自己小孩送去了北京念書；自己父親是外省老兵卻對外絕口不提，打出的是正港台灣女兒的形象。嫁了個華裔美籍老公，這陣子正在鬧婚變。她的這些背景，Yumi事前都先摸了個清楚。

錄影開始，主持人立刻變臉成為慈母，關心起我家丹尼爾的教育問題：丹尼爾現在上的是雙語幼稚園嗎？在家裡會跟他說英文嗎？有打算把丹尼爾送美國就讀小學嗎？

面對這一串問題，我略感遲疑，害怕會說出了什麼跟主持人立場牴觸的答案。只見Yumi比我瞭解狀況，非常愉快且肯定地回答：是啊因為台灣的教育一直改來改去，馬英九上台也沒救啦，我們丹尼爾不做教改白老鼠。

那是誰要去伴讀？主持人朝我眨眨眼：Yumi妳不擔心妳去美國陪小孩念書那雷克斯在台灣太逍遙了嗎？

哈哈哈原來如此所以他希望丹尼爾回去美國上學是這個原因喔？不過雷克斯美國的哥哥們可以照顧丹尼爾我只要寒暑假過去看他就好了——

「我什麼時候有說過那些話？」回家路上我壓抑著火氣，握著方向盤緊盯著前方路面，不想與她正面衝突。「上了節目就亂講話，以後這些節目別上了！」

Yumi沒立刻作聲，半天之後才用她細細的嗓音，很篤定地說道：「你不是在台灣長大的，根本不知道台灣的小學生有多可憐，我不要丹尼爾過那樣的日子。」

8

球賽過後的黃昏，在二哥家附近的可樂娜公園裡，孩子們把帶來的玩具攤滿草地，我們三兄弟則無聲地坐在公園的一排涼椅上，彼此隔著距離，共同望著小朋友們煞有其事地展開的棒球比賽。被西斜的日光照得瞇起了眼睛，我深吸了一口氣，感覺空氣中都滿滿是歲月帶來的惆悵。

「喂！老三，想跟你談一下關於老媽——」

從我的左側傳來大哥的聲音。他的開場白，聽起來就好像只是要商量待會兒換手由我來開車那麼平淡。

「我知道你們都不想談這事，但我非提出來不可。」

我訝異地望向右手邊的二哥，我和他成了大哥口中的「你們」，這和我本以為他與大哥早有了什麼共識的猜測大有出入。二哥回頭也向我瞟了一眼，然後從位子上站起身開始在附近踱來踱去。顯然他比我更不想談論這個話題。

「大哥有什麼想法了嗎？」我打破了中間將近一分鐘的沉默。

「James，你坐下！」大哥對二哥發出命令的口氣：「你這樣走來走去，大家怎麼談問題？」

「你們講，我在聽。」

「你先說，你這一去要多久？」

「看情形。」

「那老三呢？」

「我怎樣？」

「有考慮回來定居嗎？」

「你不說我也知道，」大哥停頓一下：「丹尼爾要上小學了，你打算把他送回來念書對吧？是不是想寄宿在我這裡？」

我啞口無言。

大哥把小朋友漏接滾到腳邊的球拾起，又朝他們丟了回去。接下來這句彷彿是說給自己聽那樣輕描淡寫：「一家人不該是這個樣子的。」

「你在暗指什麼？」二哥突然不耐了起來：「如果要把媽送去安養中心，難道不要我出錢？」

沒有被這話激怒，大哥反而出奇地冷靜：「有句話我已經憋了七八年！你大難不死，不表示老天給了你什麼特權。這些年我受夠了你的傲慢自私，現在你連女兒都不想照顧打算一走了之，也是心想用錢解決就好，對吧？」

「老爸留下來的錢都在你手上，以為你會把老媽照顧好——」

「我沒有照顧好老媽？難道是你在照顧的嗎？」

本以為自己會是他們質詢的焦點，結果針鋒相對的兩個哥哥就這樣忘了我的存在。他們開始丟出一堆對彼此的指責，以及我並不清楚的來龍去脈，那些我都不在場時發生過的生活磨擦，這些年來我或許偶爾感受到，卻下意識關機不去注意的家人情緒。這個家也許很早以前就沒把我算成他們的一份子了。對於我的人生來說，那樣的空白，究竟是我的遺憾還是幸運，我不願去多想。

多想又有何用？那個當下我開始有點同情大哥，只有他沒有地方可去。

他與二哥不能聯合陣線是他的失誤，我幫不了他。

趁機走開把注意力轉向孩子們打球的我，看了好一會兒才弄懂四個人的球賽是怎麼進行的。大哥今年十歲的兒子是投手，另外三人輪流打擊，不論好壞球只發三球，只要打到球就得分，但是要在數到五以前跑完三壘回到本壘。

「那你問老三願不願意啊！」

「你為什麼又要推給別人？你敢說接老媽跟你去武漢住嗎？反正你有錢，請三個傭人伺候她不行嗎？」

輪到小丹尼爾上場打擊了，他揮起同他半個人高的塑膠製玩具球棒，在草地上他短短的身影就像一棵矮胖的蘑菇。球掉落在腳前，他愣了一秒，然後丟下球棒開始想像自己在飛翔那樣，張開雙臂開始奔跑，不管其他小孩們譁然的抱怨：你沒有打中！Daniel, come back! Stop running! ——

「老三你過來一下！」

小丹尼爾跑過了用五顏六色兒童小背包標示出的壘包，回到了丟下球棒的起點。投手對著丹尼爾吼起來：你出局了，Out！丹尼爾握起小小的拳頭，臉上的表情帶著惶恐：我不要出局我不要！大哥的女兒一旁哈哈大笑起來：你沒打到球啦！作弊還不承認！You are so stupid！

「喂！不可以罵人！」

我從涼椅上猛地彈起，音量之大把小女孩嚇得頓時沒了笑容。

「老三，小孩子打打鬧鬧而已，你兇什麼？」

大哥把女兒拉到身邊，二哥的小女兒見狀就癟嘴哇地一聲朝她父親懷裡奔去。草地上的親子週日出遊霎時全變了調。

9

在台灣這些年，只有二哥曾來看過我。

我帶他去見識了我喜歡流連的台北夜生活，讓他看見我身邊現在都是這些模特兒與媒體人。我知道生性謹慎的二哥在美國絕不會讓自己放縱，現在有我在他身邊，好像又回到我們高中的時候，哥倆幹什麼壞事都有個伴。那時候Yumi也不過是眾多在夜店中喜歡跟我們這些洋味十足的男生鬼混的美眉之一。

那一夜在某歌壇大姐新開的Lounge Bar，我介紹二哥給朋友們認識，說到他是華爾街新貴時，Yumi可是睜大了眼睛十分好感。我記得她左一聲James右一聲James，直到我跟她說我二哥有老婆，她才做個鬼臉鑽回舞池裡，留給我和二哥在包廂獨處的時刻。

「老三，你應該記得，我在大學的時候，交往過一兩個白人妞。」

「當然記得。」

「你知道我為什麼沒跟她們進一步發展嗎？」

「因為她們難搞？」

「不是。」二哥喝多了，話也越來越多：「因為我受不了她們總要幫我解圍，尤其大家出去喝酒的時候。」

不是因為他酒量不好，而是他只會點啤酒。每逢有人請他幫忙去吧檯叫酒，他永遠聽不明白對方交代的是什麼。

「有些事，不是學校教的，是家庭裡耳濡目染學會的。Cornmeal和Cornbeef裡並沒有玉米，你之前怎麼會知道？課本上不會把所有菜單上的東西都教給你，你在家裡從沒吃過，又怎麼會知道那是什麼？直到你在朋友面前出糗了，你才趕快學起來。我猜你現在一定還不知道Sloppy Joe『邋遢喬』是啥吧？」

我猜那也是一種食物，但是我從來沒吃過。「是一種三明治。」二哥笑著又灌下一杯酒：「但是跟女生出去，你連那些酒名的發音都念錯，是不是更糗？」

我說我不會太在意這種事。

「老三，你記著，你跟剛才你的那幾個朋友不一樣。他們是台灣小留學生，長大了就回來了，可是你是美國人！」

所以呢？我在心裡打上一個問號。難道他不知道現在有個比較好聽的說法，稱之為全球化？

「你知道世貿大樓被炸掉這件事，真正最讓我害怕的是什麼嗎？是我的沒有感覺。我發現自己跟那些死掉同事一點也不熟，我只慶幸我沒死，我只擔心能不能很快找到一份同樣高薪的工作——」

那時候911才發生兩年，若非他自己提起，我之前從不敢在他面前主動聊到這個話題。雖然那晚二哥說的都是醉話，但卻一直在我心裡揮之不去。

回憶中連帶著的畫面，是我上完洗手間回來後，發現包廂裡Yumi和二哥正在激情熱吻。後來我和Yumi從不再提起這段，因為畢竟那時候我們都沒有固定的人，夜店酒後什麼事都可能發生。

成了一家人，有些事更是要埋在心裡。婚後，我理所當然繼續留在台灣，因為這對我跟Yumi都比較好。

走下草坡，看見兒子蹲在池塘邊朝水裡丟石子的身影，一轉眼剛剛被判出局的不歡而散已經被他拋在腦後。小孩子的注意力總是如此容易就被旁的事物給吸引。踱步來到兒子身邊的草地坐下，我問他，為什麼一個人跑到這裡來？

「這裡是四壘。」

他說得理直氣壯。

「No, Daniel. 沒有四壘，只有一壘二壘和三壘。」

「為什麼沒有四壘？」

「因為——」

如何向懵懂的孩子解釋，這個問題的重點不在為什麼他不可以，而是如果可以，那接下來會發生什麼事？會有什麼樣的結果？

只剩一人獨自守在這個沒有動靜的遙遠角落，不會有安打，也不會有接殺，但是可以不受打擾，甚至可以完全不必理會不小心落到你身邊的界外球，繼續一個人站在四壘上看著一場已經沒有你的球賽。只不過，球賽結束的時候，你一個人站在暮色漸漸昏暗的這個角落，望著球場上的人都散去，你要處之泰然，還能夠跟自己說，這是一場很精彩的球賽呢——

「因為，這不是真的比賽，所以沒有四壘。」我頓了頓。「等丹尼爾長大了，就會有自己的四壘了。」

撒謊的同時我暗自心驚：他是否識破了我暗藏在心裡多年的那個四壘？為什麼他老爸早年在美國闖盪時拍過的那些電影，他一部都沒看過？

手邊早就沒有那些拷貝了。

10

也許，丹尼爾將會是咱們家裡終於出現的，第一個貨真價實的美國人。

美國出生，小學第一天便是美國教育。不必再學中文，他的世界裡再也不會有不懂英文的親戚，也不會有每天上網看台灣綜藝節目的父母。他的父親沒有遺傳到祖父母那代的難民症候群，既不是連大學都進不了，更不會因為婚姻失和遠避到中國去工作。也許，再努力個幾年，我們一家人終於都可以團圓。

兩代的辛苦，為的難道不就是這個？

已經走到這一步，只能繼續押注，誰先離場那就是輸了。當年難道沒有人告訴過我父母，這才是移民的遊戲規則，否則只能叫做逃難？

從美國移民來台灣的外省第二代該稱做什麼？台裔美籍華人？美籍華裔台灣人？美國台胞？旅美華僑？從美國逃難到了台灣，逃過了９１１，逃出了好萊塢，逃離了父母。二哥說，選擇A與選擇B沒有什麼不同，那是因為我們隨時可以脫逃，之後再拿著讓台灣親友羨慕的美國護照離開，反正這邊的人也搞不清楚我們在那邊做什麼，不知道我們只是回到披薩上蹲著。反之，若是從台灣逃出，不能衣錦還鄉，就只能等老來歸根。你只能有一次選擇的機會。

I think I' m ready.

終於。

把手伸進了夾克口袋，觸到了球賽中意外獲得的那顆紀念品。

球的表面粗硬沾滿砂粒，比印象中似乎沉甸了許多。遲疑片刻，我從口袋中抽出手，讓那顆曾如同小行星般的飛行物繼續留在原處。

後來那天夜裡，我跟Yumi越洋電話上描述了下午發生的事，她聽了一半就打斷我，義正辭嚴地撂下結論：「好險！當時你沒搭腔就對了！」

長長地吁了口氣，不再作聲，打算等回到台北見面再說。因為我不想錯過，當聽說我已和大哥協議，做出了讓丹尼爾與母親一來一去交換的決定時，她臉上將會出現怎樣的抽搐表情。

李香蘭（節錄）

二〇一一年十二月

節錄自《惑鄉之人》（二〇一二），第三十七屆金鼎獎得獎作品昭和十六年一月十三日。

一早起傭人們便為林家老爺這日要出遠門在忙進忙出，準備早餐的，搬運行李的，備車洗車加油的……各司其職，不見何人偷懶。

祖業做茶的林家現在已是第三代接手經營，林老爺在大稻埕的商界也算大有來頭，富甲一方的人物。林老爺的父親個性保守，兢兢業業只顧看好生意，與日本政商較少往來。到了林老爺接管繼承之後，一方面個性使然，一方面正好趕上台北博覽會這個百年難得盛事，他積極參與了協助日本招商籌備的工作，自己的生意也藉機迅速拓展。事業更上層樓後，便在宮前町購地大興土木，將一家人從已居三代的建成町老宅，遷到了在台北都仍少見的這幢西式花園洋房。

簡單用了早點後，老爺便先回書房整理公事。這時，日籍女傭阿春剛去應了門回到客廳，揚著手裡一封電報，朝飯廳裡用膳的太太與少爺喊著：「小姐來信了！」

老阿公過世後，家裡人口倒也簡單，大女兒萬水早早就送去中國念書了，剩下獨子江山去年剛進台北帝大念一年級。

別人家千金頂多是送往日本，念個貴族的新娘名校，阿公卻讓萬水進了中國的復旦大學。孫女從小比弟弟會念書，阿公認為時代不同了，女孩子也要受好的栽培。這不過是一種說法。家裡人卻都知道，阿公疼長孫女，生前最擔心萬水嫁了日本尪，送去中國比較安心。萬水果然跟系上一位剛留美回國的年輕教師有了好消息，計劃著清明節前後，要帶著這位阿那達回台灣見見父母家人。

林太太讀完了女兒電報，便順手傳給了身邊的兒子江山。電報上說兩人回台日期要提前，過年前便到，江山笑說，姐姐真是性急，兩個月也等不得，看來是非嫁此人不可了。

「你能同姐姐一樣能自己安排，免我操煩，我就萬幸了！」母親白了兒子一眼，仍是滿臉寵笑：「你今天打算做什麼？一放寒假就整天不見人影。好不容易逼你考上了大學，就沒看到你有在念書！」

「妳忘了我們要去看李香蘭表演？在大世界館，昨天首演好轟動呢！」

「這樣嗎？哎呦，我趁你父親出門，今晚約了要去你阿衿家打麻將哩！他在家的時候我哪裡能——」

「我聽到了。」林老爺手裡提著公事包又出現在飯廳：「妳去打牌，又怕輸錢，別怪在我頭上。」接著用手指著兒子：「你，這幾天我不在就乖乖待在家。那個日本婆唱歌有什麼好看的？把票送去中村社長那兒，這陣子出貨他幫了不少忙。」

「歐多桑——」林江山立刻拉起了喉嚨抗議。

「這麼大個人還裝小孩撒嬌，好意思喔！」母親朝他擠擠眼，暗示他別跟父親頂嘴，等他出門後再作安排：「你看，人家阿森都在笑你了！」

進屋收碗盤的新來工人慌慌張張朝太太少爺鞠了個躬。林江山從位子上跳起來，在阿森剃得青光的頭上一拍：「你敢笑我？」

父親見狀又一聲喝斥：「胡來！別欺負阿森。」

端著托盤轉身回廚房的路上，趁沒人注意，阿森臉上偷偷漾起了一抹微笑。

他才來林家三個月，原本是在建成町一家日本人的食堂裡當學徒。林家女傭阿春經常騎著腳踏車來這裡附近老市場買菜，路過食堂時總會進來，帶一兩樣現成的小菜回去。其實食堂裡的人都看得出，阿春是藉機找阿森聊天。

阿春還比阿森大一歲，今年十八，圓團團臉沒什麼心眼，因為同樣是窮苦日本移民家庭的孩子，她把阿森看作自己人，該訴的苦，不該說的東家八卦，一見面就對阿森說個沒完。

她對阿森的示好也算是夠明顯了，但阿森不太多語，十七歲個子就竄高，看來像個男人了，但其實還是個孩子，連食堂老闆都暗地叫阿春多放點心在工作上，省得三天兩頭忘了零錢或漏了採買。

林家人口雖不多，但府邸進出的政商人士不少，要維持一定的場面，從司機園丁到廚子管家都得到位。原來的老人李嫂，伺候了他們家兩代人，近些年幾乎就在半退休養老了。阿春人老實，手腳卻沒那麼靈巧，打掃應門這些都還行，廚房裡的事就成了問題，切根蔥端鍋湯都讓人旁邊看得一頭冷汗。阿春不放棄，聽見李嫂跟太太說，還是再添個雜工吧，便厚著臉皮推薦了阿森。

阿森能粗工也能細活，在食堂裡工作的經驗也全派上了用場，很快在林家就被上上下下的人稱讚。

介紹阿森來上工，這事本來堪稱她阿春此生最得意的成就，但原本因近水樓台而暗地雀躍的心情，最近竟產生了微妙的變化，有時對阿森說話就少了往日的好聲好氣。例如她剛瞧見少爺在阿森頭上戲謔地一拍，不知怎麼地，心裡頭就有種說不出的悶悶不樂。

傍晚，傭人們早早把飯吃了。老爺出遠門，太太去打牌，少爺也歡歡喜喜去看那個李香蘭登台了，這一天屋裡難得輕鬆像放了個假。一月天冷，每個人飯後都躲在自己房裡，阿森卻一個人來到後院的石榴樹下。

從這兒可以看見二樓少爺房間的窗口。他夜裡沒事都愛站在這裡。夏天裡窗子推開，少爺房裡的留聲機送出不知名的國外演奏，陣陣飄進院子來。冬天窗玻璃緊掩，書桌上燈光映出一方昏霧，看得見天花板上拖出一個長長的人影，深夜裡少爺總在房裡走動著不就寢。今晚，那房裡是黑的。阿森一直在等待著何時房裡燈光會亮起。

阿春不知何時來到了身邊，遞給了他半個橘子。「噯，聽說少爺不學好，太太想趁小姐這趟回來，安排把少爺一塊兒帶去上海。」阿春邊說邊把籽朝石榴樹下吐去。

「什麼意思，不學好？」

「就是交了些奇怪的朋友啊！太太一說讓他去看戲，我就看他梳頭換衣，沒一會兒工夫就出門去了。」

「唔。」阿森含糊地應了一聲。

他想幫少爺說話。他有時候會見到少爺的那些朋友，老遠就站在巷口等他出門。並不是本島台灣人，反而都是日本人，年紀看起來都比少爺大一些。

他想說，少爺還年輕，那些人看起來就是在巴結他的，誰教他們家這麼有錢有勢？不是每個日本人都有機會認識有社會地位的人。聽說，少爺念中學的時候，日文成績一直不好，在學校裡常被日本同學欺侮。反倒是校長主任導師會對少爺特別照顧，藉機想要和他們林家拉攏關係。

但是少爺都是在哪裡認識這些吃喝玩樂的朋友的？他又覺得無法自圓其說。

「早上少爺幹嘛打你的頭啊?」阿春又問。

「不是打啦,是拍了一下而已——」

「拍了一下嗎?那更奇怪了。怎麼他從來沒拍過我的頭?」

阿森感覺好像說謊被人逮住了似地,一下不知該說什麼好。半天,他才緩緩回了阿春一句:「妳為什麼希望,少爺拍妳的頭?」

「因為我看見阿森笑了,從來沒看過阿森有過那樣的笑容,很想知道被少爺的手拍到,有什麼特別的?」

「別、別胡扯了!」

阿森三口兩口把剩下的幾瓣橘子塞進嘴裡,便趕快回自己的小房間了。他怕自己臉紅被阿春看出。想到少爺涼涼的手心觸到他時,他便有種心悸的感覺。有這種反應不是第一次了。少爺確實愛捉弄他,那種被撩戲的感覺跟在食堂當學徒時,被其他年長工人惡作劇修理時的委屈是完全不同的。少爺搔他癢,潑他水,甚至有一次要他站好勿動,放了一隻小毛蟲在他脖子上,然後他們一道看著毛蟲一弓一弓往他的胸口爬去,慢慢兩人的呼吸都調和成蟲蠕的節奏。雖然目光都集中在那小生物的路徑上，彼此眼神並無交會，他們卻又同時默契地忍俊不住，放聲笑了出來。

阿森並不覺得少爺是在欺侮他，反倒讓他覺得少爺很孩子氣。對家裡第一次雇用的日本灣生雜工難掩好奇吧？或者，他在用一種奇怪的方式接納阿森，像是知道阿森孤單打工的寂寞，無非故意想逗對方開心而已……

但是，怎麼可能呢？想到這裡自己都立刻搖頭。雖然是被日本統治的本島人，但是少爺仍然是高高在上的啊！

他不知不覺睡去了，還做了一個奇怪的夢。

夢境的地點究竟何處呢？

夢裡的阿森努力覷眼仍看不清明。一會兒像是在他睏睡的這個窄小屋寮，光線朦黃，一會兒又像是在少爺的房間，一塵不染。可是他並沒有進過少爺的房裡啊！少爺要他換下污損的工作服，拿出衣櫃裡他自己訂做的西裝要阿森穿上，「我們去看李香蘭！快快！來不及了！」——

才接過對方遞來的衣架，下一秒又變幻了場景。他正經過一條昏暗的甬道。穿著筆挺嶄新的上衣，手腳都不聽使喚，難為情地移動著步履。直到盡頭燈光通明的前廳赫然出現，原來是他之前學料理手藝工作過的「千島屋」。

少爺穿著一套與他剪裁式樣一致的進口毛料西裝，站在食堂中央朝他招手。少爺身邊兩側站著店裡的員工，每個人都面帶著微笑，一點都不像是從前幹活時總愛對他這個新來的學徒大呼小叫。他好奇是不是因為穿了少爺的西裝，這些人都沒認出來他就是阿森？

夢裡他一直急於想找一張可照見自己模樣的鏡面，但是左看右看都是店裡那一張張面孔。少爺的催促又起：「我們去看李香蘭！快快！來不及了！——」說完一溜身不見了蹤影。

他急抬頭尋找，發現場景竟已換成了在東部故鄉的老家，眼前是一排不整齊、蛀爛牙般的破街坊，擠在窄暗的長巷中，左鄰右舍都是那種木板搭建，須微蹲身才能進屋的那種窮人窩。

阿森急了，已經看見瘸著腿又醉醺醺的父親出現在小巷的那一頭，他忙轉過身，不能也不想被看見，但父親的手卻已早一步抓住了他的衣領。夢裡的阿森仍清楚意識到自己身上的那套西裝名貴，他只擔心會被父親粗魯的動作污髒損壞。果不然父親動手就要來剝他身上的衣物，一邊狠很地恐嚇：這一定值不少錢吧？這些年你都躲到哪裡去了？沒消息也就算了，連一分錢都沒寄回來過！好歹也把你養到十五歲，就這樣白白放過你嗎？哈哈哈被我逮到了吧！看你逃到哪兒去！……

不能、不能讓父親跟上來！一定不能被這個醉鬼找到他現在的棲身之處！更不能讓父親發現，少爺跟他要去看李香蘭表演啊——為了脫身，不得不讓醉漢父親扯下他的上衣。待會兒少爺問起上衣哪裡去的時候要怎麼回答呢？衣物就這樣輕易被搶奪去了，那是少爺的東西啊——

「快快，我們來不及了！」哭泣中的他感覺有人在他頭頂上拍了一下。他認出那手掌的觸感。但是為何只有聽見少爺的聲音，人呢？猛然眼前一黑，隨即屋塌牆毀，身穿支那藍布衫的男人們，慌張地從碎石瓦堆中拖出一個重傷的男孩。少爺站在旁觀看著，回頭朝他注視一眼，也不等他回應便跟著那幾個抬著生還者的男人隊伍走了。不要過去啊！——阿森叫喊著，但是少爺不理會。這歷劫的景象——

夢境裡一閃跳進了學校念書的記憶，全班小朋友正朗朗唸誦著課文「君之代少年」中昭和十年發生的本島大地震。他回到了他所讀的小學。眼前是一間間被臨時充當救難所使用的教室，走廊上傷患不停地被緊急運送，手忙腳亂的醫護人員正穿梭不停。少爺，我們不要進去了好嗎？——「快快，要來不及了！」少爺依然是那樣愉快的口氣，讓阿森連在夢中也感覺到怪異。突然從某間教室裡吐出了一群人，把他與少爺團團圍住，簇擁著他們，推擠著他們，把他們拖進了走廊最盡頭的教室。

有人喊著：「來了！來了！」少爺被人從他身邊拉走，指引著走向角落裡課桌併成的克難病床。「老師，孩子在等著你呢！」阿森被擋在人牆外，從人頭晃動的縫隙間，看見少爺走向課桌上躺著的那個混身是血的男孩。「怕是不行了！」沒有人開口，但是不停有耳語嗡嗡浮在四周。少爺握起了男孩的手。「老師來看你了！」七嘴八舌的嗡嗡嗡嗡聲響。阿森努力地想擠近少爺身邊。

夢境裡一座座圍觀者的肩膀竟然像沙包一樣軟綿綿的。推開推開推開。可是沙包像是怎麼都推不完似的——少爺就近在咫尺了——

突然一個重心不穩跪倒在課桌前，他幾乎要發出一聲驚嚎。

躺在克難病床上，讓少爺握住手的少年，竟然有著與他一模一樣的面孔——

驚醒的時候，發現阿春在他床邊，正使勁搖他起床。「少爺回來了，他要你過去，他們在側房會客的地方。」阿春沉著一張臉命令道。

他們？阿森匆匆穿好衣服趕了過去。

廳房裡少爺正與一屋子朋友在舉杯，一瓶洋酒已經去了大半瓶。少爺喝醉了，看見他進來便一把將他抱住：「阿森，你最拿手的蛋皮壽司，快去做，我跟他們大大誇獎你喔，別讓我丟臉！」

阿森只有鞠躬說是，又匆匆退下。飯糰用的米哪能這麼快煮好呢？他趕緊去翻出一包本島人吃的米粉，倒水入鍋中，再把米粉浸泡在裡面。只能變個花樣，做一道蛋包炒米粉吧……他一分鐘都不敢耽誤，生怕少爺要失望，但是在熱水煮滾掀鍋的那一剎那，水汽轟地噴出燙到他的手，他不知為什麼心中失落，眼淚就滴了下來。

剛才的夢境仍在他腦海中殘留徘徊。為什麼會作了這樣詭異又哀傷的夢呢？

整座林家大宅此刻顯得格外空敞，只有遠遠小會客室裡傳出的喧鬧，太太應該還沒回到家吧？屋裡其他人想必都偷懶先睏下了，連阿春都沒留下來幫忙。少爺跟他的朋友們看完李香蘭後心情都仍亢奮，他從沒見過少爺喝那麼多酒。在夢境中他本來也是要跟少爺一起去看李香蘭的，雖然只是夢，但是夢裡原先興奮的感覺如此真實，連清醒的這一刻他依然可以重溫。至於在夢中為什麼又看見自己成了垂危的君之代少年，難道這是什麼預兆嗎？

他不情願地端著做好的點心朝會客廳走去。他不喜歡少爺那幾個朋友。剛剛匆忙一瞥，看見在座亦有經常在巷口等少爺出門，沒事胸前老掛著一臺照相機的那個長髮中分的男子。那人的眼神特別傲慢，看那一身穿著，不過是個窮小子而已，憑什麼大搖大擺喝著老爺珍藏的洋酒？

放慢步子，他邊走邊捕捉著廳裡飛蹦出的喧譁聲，竟比剛才更不知收斂。

一推開門，阿森被進行中的狂歡嚇了一跳。

少爺更醉了。

他的那群朋友圈起了一個圓，把他圍在了中間。

少爺的西裝襯衫衣褲被脫下來，丟在一邊的地上。大概是從太太房裡偷取了一件支那的長衫，阿森在大稻埕街上看過年輕小姐穿的，那種領子高高、裙襬側邊開岔的長服樣式。他身上竟然穿著這件支那女衫。站都站不穩了，搖搖晃晃，邊還做出飛吻的動作。

那幾個圍住他的男生鼓掌起鬨，喊著：「李香蘭！李香蘭！」脖子上掛著照相機的那人更是逮到機會，對著女裝的少爺不停地拍照。少爺笑得幾乎岔氣。然後他端起酒杯，又灌了一口，清清喉嚨便高聲唱起——

君がみ胸に　抱かれて聞くは

夢の船唄　鸟の歌
水の蘇州の　花散る春を
惜しむか　柳がすすり泣く……

阿森端著托盤，被下了咒似地釘死在地上動不了。儘管少爺唱得顛顛倒倒，他仍被那歌聲懾住了。

那是一首沒有聽過的歌，來自一個他不知道的地方。

但是他的腦海中浮現出一幅有山有水的景象。

少爺的歌聲竟然是如此悽愴，臉上流露著迷茫的神情，不知道究竟是酒精還是身上的道具服裝，讓他前一秒還放浪開懷的笑臉一下全不見蹤影，看起來反倒是一臉無助，不知身在何處般投入在歌詞的情意之中。

如果能夠，他想衝過去把少爺拉出那場群魔亂舞的祭典，衝出酒濃影亂的漩渦，扛著少爺跳上歌中的那條小船……

那一夜初聞此曲，此後，心底悄然總有一個人影匿居，與他捉迷藏似地，往往於不可預料的時分，驚鴻一瞥閃過記憶的曲廊轉角。

或許，是當他在台北七條通的日式小酒廊裡，也可能是在街頭某個少年擦身而過的剎那，甚至在陌生的廉價小旅館中。苟且完事後淋浴，從鏡中看見自己那醜陋的軀身，如枯黃乾皮滿佈的老樹卻總也不死之際，那一夜，男子吐唱出的柔媚悲聲，冷不防就痛擊在他胸口。

多年之後，松尾森才知道，這首曲子同時還有台灣語與中國語所演唱的版本。

落花逐水流，流水長悠悠；明日飄何處，問君還知否？

倒映雙影，半喜半羞；願與卿，熱情永留

蘇州風景美如江，春天落花天注定；握花放在溪頭頂，隨水流遠找前程中國語的歌詞太過輕巧，台灣語的內容又纏綿盡失。來到西門町位於中華商場的哥倫比亞唱片行，想尋找李香蘭所演唱的正牌〈蘇州夜曲〉，殊不知在昭和年間台灣處處可聞的播放，竟然是由一位叫渡邊濱子的女歌星所唱，而非松尾森誤以為的滿映皇后歌聲。

記憶，往往禁不起查證。李香蘭的〈蘇州夜曲〉一直要等到戰後才第一次有唱片的發行。

戰後才又灌錄此曲，他覺得根本是多此一舉。就像黑白相片多了手工的著色，那色彩總顯得怪異又粗俗。現今的留聲，雖有了較新穎華麗的伴奏，卻與當年電影造成熱潮的時空之間，出現了如唱片跳針一般無法彌補的記憶空拍。

他以為，不管為了什麼原因當初只有在電影中演唱了這首歌曲，她的〈蘇州夜曲〉應該只屬於昭和年間，那個中日滿台如同四胞胎，彼此忌妒又彼此手足相依的特殊背景。

然而，女優首度發行這首曲子時，名字早已改回了「山口淑子」。

可是日本藝人山口淑子的〈蘇州夜曲〉，怎能與中國長大的李香蘭演唱此曲相提並論呢？

是因為這樣，藝人的山口淑子才不得不轉進政界，成了參議院議員山口淑子的吧？但是女優李香蘭從未失去她的光環，她的影子依舊隨侍襯托在側。他想不出，有誰比這位滿映皇后更懂得把戰爭所製造出的神話不斷包裝，永遠保鮮？

戰爭之後，改名換姓，人生的賭盤重新開始押注。

誰又能確定這一局是否押對了籌碼？

原以為會購到「李香蘭」的昭和之音為他喚回期待中的故鄉氣味，最後只得悻悻然步出了唱片行。帶著略略失望的心情，走在中華商場的騎樓中，松尾森想起了此處在他少年時，只不過是一排廉價的小吃攤所在。

一列火車咕隆隆在身邊如長龍般飛奔而過。

鐵路平交道從市中心大馬路上穿越，四周環狀放射出的商圈街道，加上人工手繪的五彩廣告看板，西門町的景象與原宿區簡直像是根據同一張藍圖所打造。這是他三十歲第一次到東京時，令他幾乎落下思鄉之淚的震驚發現。

如今，即使沒有了李香蘭的歌聲為他引路，身為灣生日本人的他也要為自己重新找到舞臺。

江山是他新的名。

又回到台灣了。也許，這是他人生最後一次的機會可以擺脫，那個始終不放過他的貧孤少年阿森的怨憤糾纏。

街與院

一九九三年五月

收錄於《留情末世紀》（一九九六，已絕版）

1

那個二十年後死於心肌梗塞的胡琴師至今仍不時出現在記憶裡。白色的短袖衫，灰色的西裝褲，提著他吃飯的傢伙，穿過奶奶家院子的碎石路，由啞巴女傭引進客廳。院子裡扶桑花開得燦爛，永遠是六月的煦煦午後，影子都躲進了樹叢裡，地上淨是水洗反光似的亮。我又彷彿聽見客廳穿堂中傳來的問候寒暄，奶奶熱烈的京片子以及琴師那永遠好脾氣的、謙卑的應答。

我不記得琴師的長相，奶奶吊嗓子的時候，我總是躲在二樓。這麼多年以後，在那棟洋房裡生活了十三年的記憶，我總是需要由那個半哈著腰的琴師來開啟。我千篇一律的是從二樓的窗口看下去，當他的身影藏進了屋裡，調音的弦聲斷斷續續出現，那近乎淒厲的琴音像一把鋸子，簡直要把整個洋房給鋸得四分五裂，我才突然對屋裡的所有細節有了清晰的印象。

二樓全部是臥室。奶奶自然是樓梯上來轉彎走到底的那間主臥室。《鎖麟囊》的那段〈春秋亭〉永遠是奶奶暖嗓的開唱曲，這時門鈴又會響起，客人陸續到來，哄哄的人聲琴聲都踩在我的腳底下，我像個走在雲端的紅孩兒，這時整個二樓都是我的。

首先要經過爸媽的房間。我進去隨意翻了幾本《銀色世界》和《南國電影》就出來了。那些電影雜誌都是媽媽的寶。嫁給爸爸之前，她拍過幾部電影。奶奶是有身分有地位的立法委員，爸爸是獨子，她自然是不再准許媽去拍那些摟摟抱抱的愛情戲。媽媽喜歡趴在床上看雜誌，一頁一頁掀得巴掌響，尤其是讀到了同她當年一起簽基本演員的女友又有新戲開拍，她總要發出嘖嘖的聲音作評語。「你看媽漂亮，還是這個女的漂亮？」她有時會問我的意見。我十分後悔當時給她的答案，她想必受到太大的鼓舞，沒幾年以後就離開了爸。

我依稀又聽見客人們給奶奶叫好的喝彩與掌聲響起。據說在我滿月的時候，奶奶粉墨登過一次台，那也是她最後一次上台票戲，因此我錯過了這僅有的一次機會。我喜歡坐在她的梳粧檯前，假想她待會兒上戲。她的粧檯上都是舶來品，漂亮的玻璃瓶，絨絨的大粉撲，還有一把兩面的圓鏡，其中一面可以放大影像，她描眉毛的時候，總就翻到這一面來。

直到有一天她的皺紋令她不忍直睹，她終於讓鏡子停在同一面。即使如此，另外一面的真相並沒有因而停止，在隨後的幾年似乎更加速崩塌。

奶奶是我這一生看過擁有最多旗袍的女人。緞子的、絲絨的、繡了圖的、釘了珠花的……滿滿一壁櫃。要去開會的早晨，她一定會穿上她的旗袍，出門前不忘再一次摸摸領口的釦花，挑挑前一天紅玫瑰做的頭髮，收拾得妥妥貼貼，精精神神，最後將小手絹塞進腋窩，坐進門口那輛公家黑色大轎車裡，一路風光的開出小巷。

*

說整個二樓都是我的並不完全正確。當我逛完了奶奶的房間，想起我還沒看完的《亞森羅蘋探案》，於是回到了我和弟弟的房間。他一年到頭犯氣喘病，廚子每天得先做他的飯菜，然後洗鍋，重新再開火，因為弟弟沾不得一絲海鮮或一丁點兒生葱蒜，否則便要過敏喘上個好幾天。不久前奶奶還開掉一個廚子，他偷懶沒分兩道手續，這可是瞞不了人的。弟弟在兒童保健醫院住了三天，才剛回到家來。

弟弟聽話，生了病不吵也不鬧，大人放他在床上他也躺得住。可是當我推門進了房來，我看得出來他是非常期待我作伴的。我卻總要故意裝模作樣，不理會他，逕自爬上我的床，拿出枕頭底下的《亞森羅蘋》。

樓下有人唱起《八大鎚》，黑頭的聲音吵死人，害我無法專心看我的書。弟弟才上一年級，比我小三歲，學校裡的把戲他全不知道，上學期請假的時間比上課的時間還多。偏偏他的導師就是才教過我的林素芳老師，每次去他教室送弟弟的請假條，都要聽林老師嘮叨一陣。我發現做老大真的很倒楣。

碰上弟弟氣喘病犯的夜晚，那吹哨一般咻咻的哮喘聲讓我覺得全身發麻。我愈不想聽，那聲音便愈大，不明白一個人怎麼會發出那樣奇怪的聲音，好像一隻徘徊的獸，總想告訴我什麼秘密似的。我猜得出弟弟想說什麼。他在受苦。他一定想告訴我呼吸困難有多難受。但是我無法幫助他，無力感讓我變得自私且殘忍。我只有在他睡著了之後才下床去看看他，他不知道其實我真的希望他能快點好起來，我可以教他打手球和作彈弓。

「嗯？」我抬頭看見他坐了起來，兩隻拳頭握著。

「你看的是亞森羅蘋第幾集？」

「反正你又不知道。」

他沉默了一會兒，突然用很高興的口吻說：「爸說他下班會帶一個小收音機給我。」

我放下書，和他面對面注視著：「真的？」

我一直記得那個剎那。不知道為什麼，他當時那張瘦黃的小臉和期盼的眼神，是我對弟弟始終且唯一完整的印象。甚至在我們都成年之後，我對他的記憶仍停留在那一刻，他沒有再長大過。或者說，我對自己有過一個弟弟的經驗，因為後來的種種因素而中斷了。我只有在那一個下午，在陽光斜照進房間的光影中，突然感覺到對自己那個瘦弱而幼小的弟弟，有著一份說不出口的關心和喜歡。

＊

弟弟不氣喘的時候，奶奶也教他唱戲。他的聲音尖而高，清脆的童聲做不出青衣的假嗓，直通通的一路咿咿呀呀拉到底。我坐在廚房裡吃啞巴女傭準備的紅豆湯，直想發笑，差點沒噴了啞巴一身。

啞巴有個女兒，所幸沒啞，可是念完小學就沒再升學了。遇上了奶奶過壽，或是過年請吃春酒，家裡缺人手的時候，啞巴的女兒阿妹也會來幫忙。雖然生得手長腳長，看似個能幹相，可是無論啞巴怎麼調教，阿妹始終也成不了家事的一把手。而且十四、五歲一個人了，童心未泯不說，也不太會分輕重，一回她自行帶了弟弟上街，等兩人回來的時候，一人手上拿了一根甘蔗。她大嚼大啖十分開心，啞巴見狀立刻衝上去啪啪甩了她幾個耳光，啊吧啊吧急得什麼似的。

阿妹站在廚房外的小天井裡哭，已經發育的胸脯一抽一縮，光著一雙腳丫來回搓著。弟弟把自己的甘蔗遞給她，然後用閩南語安慰阿妹：「莫哭，支咧供妳呷。」

我不敢相信自己的耳朵。我們一家是標準國語家庭，我的功課雖然不是頂尖，可是朗讀比賽、演講比賽拿第一是家常便飯。弟弟因為缺課太多，從沒被選為語文競賽的代表。但是我竟沒注意到，他什麼時候學會了說閩南語。

他的老師就是那台小電晶體收音機。下午他一個人寂寞地躺在床上的時候，調幅廣播網便一直開在那兒。他很快就學會了廣播中所有賣藥的廣告。

阿妹後來就不再出現了。到我上了初中的時候，有一天忽然想起來問啞巴，她女兒現在在幹什麼。啞巴做了個手勢，像是數字「六」，拇指與小指翹起，對準嘴巴一歪一歪，意思是喝酒。阿妹成了酒家女。

我問奶奶啞巴是怎麼啞的。奶奶說她先生是個老兵，到她們鄉下硬把她搶來成了親。因為怕她後來會說出去，便乾脆鉸了她的舌頭。怪不得啞巴能聽不能說。

*

夜裡，對門爸媽的臥室裡傳出爭吵的聲音。媽媽放大了嗓門：「我怕什麼？我怕什麼？我替你們家生了兩個兒子，你媽對我還是不滿意！」爸爸的聲音聽起來疲倦但是焦急：「妳小聲一點，明天是媽開會的日子！」媽開始哭：「你就是這麼窩囊？你就不能自己出去闖闖嗎？你媽到現在為止又給了你什麼？房子還是珠寶？你守在這個屋子裡幹什麼？你還真是個孝子！」

然後倏地兩人都沒了聲音。奶奶喚了聲爸的小名，聲音直發抖：「到我房裡來。」

＊

弟弟和我背對背坐在自己書桌前做功課，他現在是三年級，上課比較正常了，但功課還是跟不上，尤其是數學題。

「哥，這題你看一下。」

「怎麼，你也不會？」他故意做出促狹的聲音。

數學並非我的強項，但是因為希望在他眼裡我這個哥哥很厲害，我忙蓋住計算紙，不讓他看到我用六年級代數已經算出了答案。但是如何用他三年級的方程式解答仍讓我傷腦筋。如果讓他知道我用代數，他一定認為這不公平，說我在作弊。

很早就發現弟弟好強，偏偏又體弱多病。到最後變得總是我在讓他，以為這樣做是讓他心服口服的最好方法。誰教我是哥哥呢？

*

奶奶趕定製了幾件暗色的旗袍，裁縫親自送上門來。

「李委員，妳看這下怎麼辦？老總統這一去，回老家八成是沒希望了。」裁縫跪在地上，一面給奶奶的旗袍收邊，一面咕咕噥噥沒停。

「台灣是個福地，」奶奶揮著她那把檀香扇：「八二三沒打下來，退出聯合國也沒事，這個蔣介石知道，他把咱們安在這兒準沒錯，就是要咱們好好幹下去了。」

啞巴買了十大箱衛生紙，累得氣喘吁吁，比手劃腳跟奶奶描述著市場裡的景象。奶奶鼓起眼睛，又氣又好笑的用扇柄指著啞巴：「真是鄉下人！張師傅，你瞧我家的啞巴，囤積草紙，這要往哪兒放？」

有三個多月，奶奶都沒再吊嗓子。當琴師再度弓著身走進大門，彷彿大家都感覺到鬆了一口氣，日子應該是永遠太平了。

升上了初一，雖然是同一所私立學校的初中部，但是卻得永遠離開待了六年的市區小學部。第一次對成長及未來感到恐慌，我竟然在畢業典禮上很不爭氣的哭了。想到以後得搭早上六點開往郊區的校車，一個人上學，心裡便有種說不出的失落。

弟弟代表在校生致答詞。他已經在家練習了無數遍，我早就聽得滾瓜爛熟。他的身體慢慢好起來了，我在台下看著他精神抖擻地大聲演講，突然有一種陌生的感覺。有一個遙遠的記憶在他下台鞠躬時鑽進了我的腦海——

我們並肩坐在校車上，他不住的咳嗽，我重複做著將圍巾套回他脖子上的動作。他下意識就靠上我的肩膀，無助地在我的臂彎中濁重地呼吸著。

2

從來沒意料到，竟然有一天我們會搬出那棟仁愛路上居於深巷寧靜的小洋房。爸媽不快樂的婚姻，一直在奶奶的控制和補救下勉強維持，最後還拿出了積蓄給爸作為獨立創業的資本。不到兩年公司就倒閉了，欠下了近百萬的債務，在票據法還沒廢止的民國六十年代。

我彷彿又看見爸跪在客廳裡，向奶奶哭訴陪罪：「媽，再救我一次，求求您——」媽沒下跪，可是也是心力交瘁地大聲向奶奶求告。然後箭頭一轉，她指著被啞巴護在身邊的弟弟，和靠著牆不遜地偏過頭去的我，近乎喜悅地找到了這樣好的申訴理由：「您的孫子呀！您要看您的孫子沒有父親，在學校裡被人恥笑父親在坐牢嗎？」

我從來不覺得有這麼羞恥過。我看見奶奶焦灼的目光，停留在我和弟弟身上。

奶奶在大陸上是女中的校長，民國三十八年帶著剛出世的兒子，毅然與有投共之想的丈夫分手，然後協助政府將部分學生播遷來台，之後因為候補名額當選了立法委員。三十五歲之前，轟轟烈烈的事她都經歷過了，但是此刻卻不得不向自己兒孫低頭。

洋房賤價出售，一百坪的地皮，在日後市場上價值上億。她是徹底傷了心，連我和弟弟都不願再見。這是她同意賣屋的唯一條件：爸要從此自力更生，養家活口不靠她任何接濟。

她獨自搬到內湖山上的新社區。我們則住進了南勢角的一棟五樓公寓。我和弟弟也不能再上私立學校，分別轉進了地方上的公立國民學校。

我們從此不再有校車接送，而是徒步上學。脫掉了原本漂亮水藍色的私立學校制服，換上了黃色卡其布，第一天到學校，在穿堂的長鏡前看見自己的模樣，我幾乎不認得自己。我甚至在心裡暗自憎恨起爸和奶奶，我懷疑他們知不知道國民學校的學生要自己洗廁所？

國民學校的學生連國語都說不清。

*

我在放學回家的路上看見弟弟。他不應該這個時候還在街上遊蕩。升上國三之後我經常留校參加輔導，六年級的弟弟四點鐘就放學，今天輪到他回家洗米煮飯。自從媽離開之後，我和他共同決定如此分擔家事。

每天放學，我得穿過一座菜市場。事實上那是長年用雨棚遮蔽起的幾條錯雜交纏的小巷，每一個攤販都在自家門口做起生意。起初對於這條上下學的捷徑，我幾乎是感覺可怖而噁心——永遠泥濘的路面，衝鼻的魚腥和雞屎，擁擠且陰暗。但是當我開始注意到每一個攤販的家庭生活就這樣公開坦亮，家務營生不分，我有了一種奇異的感覺。我喜歡看光著腳的孩子捧著碗在扒飯，或是歐巴桑坐在板凳上朝對面的攤販喊話似地聊天，或是常常就有一個沉默的大女孩，還穿著學校制服在一旁幫著秤斤兩或找錢。他們讓我想起以前在奶奶家幫傭的啞巴和她的女兒阿妹。離開了奶奶家之後，啞巴是否也像這裡的歐巴桑一樣，有了自己一爿小店？

這些人的生活與我是如此不同，我甚至不能明瞭他們的口語。但是我喜歡看他們工作的樣子，在家庭接二連三發生變故的那段日子，他們給我一種安定的力量。我是如此安靜地走進了青春期，走進了日復一日、陰黝漫長的菜市小巷。

當弟弟從位在棉被店和米店之間的那座彈子房走出的時候，我愣在那裡，叫不出他的名字。跟他一塊兒的幾個夥伴，有的把書包背帶勒在額頭，有的縮得短短的夾在腋下。弟弟在笑，從口袋裡掏出口香糖，眾人立刻擁上分食。弟弟得意的拍拍手，眉眼之間仍是那麼好強固執。我突然想逃。多病的童年已離他而去，他正貪婪的想彌補他曾經失去的。也許他對我一直存有恨意，因為那些夜晚，我任他無助地躺在隔鄰的床上哮喘而從不曾表露過關切。

是他先看見了我，我們同時停下了步子。

「我要告訴爸。」

他聽我這樣說，臉上神色一時有些不定，但是隨即擺出一副鄙視的表情：

「ㄑㄧˋㄥ ㄘㄞˋ！」

他的夥伴們在他身邊站成一排，我這才看清楚，都還是兒童的臉，我突然才想起來自己是國三的學生，是中間那個氣嘟嘟的小孩的哥哥。我清了清喉嚨，用比較權威的聲音說道：「你好意思嗎？今天該你煮飯你記得嗎？待會兒爸下了班，發現飯都沒弄好——」

「當ㄍㄧˋ啦！」我這時才會過意，弟弟在用台語回答我。我的遲鈍反應引起了他夥伴們的訕笑，其中一個已經提早變聲的男生，用肘子推推弟弟：「啥米人？」

我認真地在弟弟臉上搜尋記憶中的童稚痕跡，但是他只是靜靜的看著我。發覺他呼吸開始變得急促，那是我經年熟知的犯病前兆，我慶幸我的弟弟又回來了。他畢竟還是那個氣喘嚴重的弟弟。我放低了聲音，慢慢走向他：「又開始了，是不是？」

說完才發現自己嘴角掛著一絲笑意，自己都無從解釋，是歉意求和的微笑？還是潛意識裡希望看見他像套上了緊箍咒，氣喘讓他永遠沒有贏過我的機會，根本是一種落井下石的嘲笑？

「我們回家——」

不等我說完，我看見他已經舉起了拳頭。三分之一秒的時間，卻每個步驟如單格畫面緩慢而清楚。我先聽到了撲通一聲，才知道弟弟的拳頭落在我的下巴上。我失去了重心，一個踉蹌，跌進了剛剛菜販潑出的一盆污水裡。

坐在爛敗的菜葉和腐臭的魚內臟之間，眼淚無聲地冒出，我不得不低下頭去，不知道怎麼去面對弟弟的眼光，還有四周人興味的竊笑。不斷想起的，只有那個我和弟弟一同搭校車的畫面。那個軟軟的，永遠穿了太多衣服的小小身軀靠著我的感覺。

我知道有一個力量已經將他永遠從我生命中帶走了。失敗者和生存者的界線開始出現在我們之間。這樣的感覺在往後的日子裡，一年比一年更加確定；而背後的理由，也彷彿一天一天像鏡頭對準了焦距。

3

雖然不再住在一塊兒，但是逢年過節爸還是會帶著我和弟弟上內湖山上看望奶奶。漸漸的，每次與奶奶見面變成了對我的一種刑罰。上了國中的弟弟，身材拔高得快，早已冒出我一個頭。我高中聯考落榜，最後唸了一個普普通通的五專。和弟弟站在一起，我每次都可以在奶奶眼裡看出她對我的失望和容忍，可是對弟弟卻是充滿希望和讚許。

不知從何時起，我跟周遭再也無法結合，成了一個不知如何才能加入，永遠只在旁觀的角色。不像弟弟永遠活得熱熱鬧鬧，永遠知道什麼時候該收斂，什麼時候該鬆懈。一上國三他就收了心，模擬考一下就竄到了全校前二十名。他的氣喘病，正如小時候大夫所預言的，等青春期發育體質改變自然會慢慢不藥而癒。弟弟開始鍛鍊身體，有恆心的每天慢跑。

即使上山去看奶奶，他也不忘帶上他的愛迪達。他說內湖空氣新鮮，是慢跑最佳的場地。當我和爸陪奶奶坐在客廳裡，常冷不防就聽見紗門碰地被推開，弟弟一身健康的汗臭，露著兩條已黑毛虬結的長腿站在門口，直朝奶奶呼著「好舒服、好過癮！」

爸和奶奶這時會用極滿足而且羨慕的眼光注視著弟弟。連女傭阿桃都從廚房端了一杯冰豆漿出來，咯咯咯跟著一塊兒傻笑。沒有人會承認，我不斷下坡的生命，其實他們全部都有責任。我雙手握著拳，指甲嵌進了肉裡，等弟弟轉過身才用忿恨的眼光，狠狠地盯著他的背影。

「學校怎麼樣？」

奶奶轉向我，用極平靜而客套的語氣問道。

「唸的什麼新聞編採科，實在不知道他將來畢了業能做什麼。」爸說。

*

我把自己關在浴室裡，看著鏡子裡那個清瘦的自己。我一直有個可怕的臆想，從來沒有告訴任何人。我可以輕易在弟弟和爸之間找出他們外型的共同點，他們都有寬闊的額角，方正的下巴和高䠷的身量，而我卻和爸相差十萬八千里。從奶奶和爸的體形來看，我的一百六十五公分簡直是突變。

但是，只有外表的相似才能證明家人的關係嗎？我冷眼旁觀弟弟，他除了遺傳了爸爸的長相外，他的行為、興趣、喜好，沒有一樣讓我覺得他是在這個家裡長大的。他對路邊攤的喜好，他對方言的天才，還有他那一群本省籍的朋友，形成了他自己的一個生存空間，自給自足，從不需要爸的操心和插手，更不需要我的過問或加入。

直到今天我仍都無法忘懷，有一回禮拜六下午他蜷在沙發上看電視，轉到了台視國劇《鎖麟囊》，半秒鐘都沒猶豫便換了頻道，口裡還咦咦作怪聲。

「你小時候會唱這段戲。」我難得打破沉默，主動先與他說話。也許——我自己都知道我的想法太過通俗可笑——也許觸動了他這樣的記憶以後，他會終於與我變得親近起來。話一出口我便後悔了。

「愛說笑。」他並不看我，仍舊維持著臥姿，膝蓋折起快頂到了下巴上，以至於他的言語變得含糊不清：「只有奶奶才唱戲。」

我站在浴室的鏡子前端詳著自己。我有一張神經質的臉孔。也許弟弟是對的，他從來沒唱過戲。我把手放自己喉頭上，用力壓迫，發出尖銳的假音。我把手放在胸膛，感覺心臟在搏跳，然後繼續往下移動我的手，直到握住了我最好的朋友。

有好長一段時間，只有在浴室裡的短暫解放，才能讓我忘掉荒謬的一切。

4

在服役的時候，報上開始每天出現立法院打架的新聞，要求老委員下台的聲浪一天比一天高。電視新聞中風燭殘年的老立委呆滯地坐在位子上，彷彿不知道台上咆哮的人正在指責自己。有一天，鏡頭帶到了奶奶，她還是一襲隆重的旗袍，正襟危坐。不管她如何努力將自己收拾得俐落大方，她無法改變正在發生的事實。可是遠在鳳山某海軍基地的我，面對著螢幕，竟一時之間覺得又嗅到奶奶身上船來品香粉的氣味。

她的表情，像是參加新生訓練的女童軍，專注正經得讓人想發笑。

*

弟弟快退伍的時候，有一天晚上爸把我叫進他房裡。

「你上班上得怎麼樣？」

「還好。」

「你不是說，想考高普考？」

「對。」

「這樣好，生活以後才有保障。」

沉默了半晌，爸幾乎是難以啟齒的，好不容易進入了他的主題：「你知道——你弟弟下個月就退伍了？」

「知道。」

「他是清大電機畢業，成績一直不錯，」爸小心的思索著字眼：「你們兩兄弟人各有志嘛，當然不是說他比較優秀。我的意思是，他跟我談過退伍後的計畫，他希望能有機會出去看看——」

我抬起頭，看見爸臉上閃過一絲欣慰的表情。

「你既然已經決定考高普考，那就是打算在國內發展囉？你是老大，這些年家裡的情形你也曉得，不是說爸爸不公平，而是爸的退休金，也只能供你們其中一個人深造……」

我舔舔唇，忽然有股想衝進浴室的慾望。

「我本來是想，去跟你們奶奶求情……爸爸這十幾年沒有再拿過奶奶一分錢，沒再求過她一次。可是為了你們，我是願意再低聲下氣一次。但是你也知道，立法院裡現在太緊張，奶奶以後該怎麼辦自己都沒有個著落……」

我的腦海中出現了群眾聚集內湖山莊，朝老委員家裡叫囂的新聞畫面。我赫然也出現在人群裡，集中了全身的力氣，鼓起胸腔，準備長聲嘶吼。但是，我發不出任何聲音，只有爸的聲音還在我耳畔繼續：

「……你能了解爸的苦心，對不對？」

＊

我蹺了一天班，漫無目的地在台北四處遊蕩。下午四點多鐘塞車已經開始，我坐在計程車上，忍耐著司機不停的咒罵；罵完了交通警察罵市長，罵完了市長罵立法院，然後再罵國民黨。終於他才想起來，他的車上坐了一個外省子弟，開始用粗暴的語氣問我，會不會說台灣話。

我不知道該點頭還是搖頭，我想我那時的德行，跟坐在立法院裡的那些聵聵恍惚的老委員沒有兩樣。我突然可笑地希望弟弟這時在我身邊，他可以用流利的台語和對方攀談起來。我想起來他小時候發氣喘躺在床上，一定也是和我現在一樣的無助。我不能解除他氣喘之苦，就像他永遠也不能助我解脫這些年的困惑。

忍無可忍，終於決定提早下車，開始在人潮中行走。直到驀地舉頭，才知道自己在廢氣噪音擁擠雜遝的馬路上步行了多久。我竟然是站在仁愛路老家的巷口。

無法相信，眼前的景物竟然和我二十年前的印象吻合。仍然有扶桑花高過牆頭，仍然有紗門聲吱嘎此起彼落。我以為又聽到了胡琴聲，於是急切的一戶一戶尋去，但是分不清聲音來自何方。

聽說那個給奶奶拉了十幾年胡琴的先生，在同一天另一輛計程車上突然心臟病發，而台大醫院就在三條街以外——幾千輛堵塞的車馬之外。

*

弟弟要上飛機的前一天晚上，還排了一頓晚飯的應酬，他的好人緣可見一斑。爸在客廳裡坐了一晚上，到電視都收播了弟弟還不見人影，只好依依不捨地離開了搖椅，不情願地走進自己的房間去。他也許為了最後一夜的父子知心對談，已經打了一個多星期的腹稿，但是最後只得失望地放棄。

到了凌晨三、四點，我才聽見鐵門被開啟的聲音。弟弟躡手躡足穿過客廳，正要溜回房間去，卻在經過我房門口時，發現我垂頭喪氣的坐在床沿。

「中午的飛機不是嗎？你到現在才回來。」

「反正上了飛機就一路睡到美國去。」他被自己那句「一路睡到美國去」給逗笑了，發現我沒什麼反應，才咳咳止住笑意：「沒辦法，都是好朋友，推不掉嘛。」

「爸等了你一晚上。」

「我跟他講過不要等我的嘛，真是的！」這就是他的做人原則，他已經知道他做不到，所以不會愧疚或抱歉。

房裡只有一絲微弱的月光，彼此的表情都看不清。弟弟竟然沒有轉身便回房，反而走進我房間，拉開書桌旁的椅子坐了下來，這讓我非常意外。但是隨即下一步，我便對自己如此濫情感到可恥。難道他這一點最起碼表現的人之常情，都可以讓我以為，他對我這個哥哥有什麼隱藏多年的感情嗎？

「東西都收好了？」

「嗯。」

他開始無聊的搖我的筆筒。突然，他像發現了什麼寶，從筆筒裡抽出了一支我自己都不知道存在該處的舊鋼筆：「嘿，我記得它。你小學畢業的時候奶奶送給你的畢業禮物。」

「真的？我自己都不知道我還留著它。」

「有些舊東西，應該清一清。」

我期待他繼續往下說，他卻自顧把玩起那支鋼筆，不再出聲。半天之後，他突然問我：「送我好不好？」

「那支鋼筆嗎？」

「對啊，幫你清理舊貨。」他故意裝出一副懶洋洋的聲調。

「昨天你去看奶奶，她有沒有跟你說什麼？」

他打了個長長的呵欠，聳聳肩，玩笑似地回答道：「她教我想辦法留在那兒，別回來了。」

「那是你的計畫嗎？」我整個人一震。他扭過頭來面對著我——那張方正英俊的臉，讓我再也記不起童年時，他總央著我說亞森羅蘋給他聽時，是什麼樣的表情——

「我並沒有什麼特別計畫。」他的聲音低沉而厚實，我卻好像是回到了小時候，在聽大人對我訓話：

「你為什麼總要擔心這麼多呢？可是看看你自己，你擔心了這麼多，你有想到要去改變什麼嗎？你不能改變環境，至少可以改變一下自己——」

「我當然記得小時候奶奶教過我唱《鎖麟囊》，」他頓了頓，突然放慢了語氣：「《鎖麟囊》是她家的事——當我有一天醒來，發現我的四周只有歌仔戲的時候，我是不是學過一段什麼京劇根本就不重要了。」

「其實你都記得？」

「是，我都記得。」他說完便步出了我的房間。

5

那個二十年後死於心肌梗塞的胡琴師至今仍不時出現在記憶裡。白色的短袖衫，灰色的西裝褲，提著他吃飯的傢伙，穿過奶奶家院子的碎石路，由啞巴女傭引進客廳。院子裡扶桑花開得燦爛，永遠是六月的煦煦午後，影子都躲進了樹叢裡……

是，我都記得。他說完便步出了我的房間。

然後他娶了一個美國人，生了一個混血女兒，在加州買了一棟房子。

他說他都記得。

我也記得。每次在悶熱緊張的午後，某一輛塞在十字路口的計程車裡，我都會準備好，放鬆肌肉，閉緊耳目，像太空人要離開梭艙一樣，再一次漂浮進記憶中的那個院子裡。

113 街與院

113 街與院

罪人

二〇一七年四月

一〇六年九歌年度小說獎得獎作品

1

左鄰右舍都說不上來，到底他們最後一次見到玉枝是何時的事。是在建商在這一帶開始四處購地，準備興建公寓大樓那之前？還是之後呢？

彼時家家戶戶都在忙著搬遷，就算打過照面，也不會有人刻意與她寒暄。多少年了，大家都早已習慣與她之間保持著距離。她就像是一個永遠在服喪中的女人，大家從不知該如何向她表達弔慰，到頭來寧可讓那份欲言又止哽在喉間，彷彿那便是接受與理解她存在最容易的一種方式。

沒有人真正想去揭開什麼。

從那個時代走過的人都知道，有些事情最好不要多問。

民國四十年後才出生的小輩，並不懂得大人們總有諸多警告的那種疑神疑鬼從何而生。在他們後來的記憶中，將那些不明白也看不見的威脅，找到生活裡可以具體投射的對象，是少年時不斷上演著一場想像力的遊戲。一片暗密的竹林，一道架有鐵絲網的高牆，都提供了合理的場景，讓他們相信生活中那些莫名的恐懼，那些大人們口中「不要多問」的歹事，並非全然空穴來風。

兒時最陰晦莫測的，莫過於位在巷底，那座佔地數百坪的荒園老屋。

那曾是他們當年生活地圖的邊界之境，一道跨越不過的障礙，也是「過去」二字全部的形狀與氣味的化身。住在裡面的玉枝，以他們當年的理解，無疑就是那些警告之所以存在的理由。

一提到這個名字，小鬼們都愛嗚嗚發出怪鳴，同時也忍不住吐舌發笑。瘦如竹竿的中年女人，兩隻眼睛陷在深坑般的眼窩裡，毫無表情的一張臉活像骷髏，再冷的天氣也只有一件薄呢外套裹身。

他們看到的也許不是一個人，而更像是某種行走著的罪，一行潦草的宣判。在孩子們的眼裡，那就是不顧警告的人最終會有的下場。

只有老一輩的人還猶記少女時期五官深邃的玉枝，都曾背後猜測，她應該有著番人血統。聽說是逃家出走的查某干，或許，連她自己都搞不清自己的出生來歷。

曾有人宣稱在那個大風雨夜裡，看見她披散著髮站在巷子底，哇哇哭喊著沒人聽得懂的瘋話。不過因為隔日大家打開報紙，發現同樣是在那個風雨夜裡國家元首「崩殂」（ㄅㄥ ㄘㄨˊ）的消息——市井小民在那之前聽都沒聽過的一個詞——所以對目擊者被那形影嚇得魂不附體的流言，根本也就無人有追究的興趣。

如果那人所言屬實，玉枝的頭髮應該在當時就已經整個花白了，在閃電照耀下那一頭披垂的無色長毛，光用想的也會讓人背脊發寒。

接下來偉人紀念堂的籌劃，加速了大刀闊斧對周邊舊區的整地與改建。整條巷子的老屋，就在那一波中拆除了。

從十五、六歲來到陳家，一待就是一輩子，但是最後卻沒人記得她在陳家老屋中困守到何時。當鄰近家家戶戶都領取了安家費開始搬出，那景象是否曾讓她想起在戰敗後，當年那些與陳家為鄰的日本官員，匆忙著打包回國的景況呢？

日本人走後，陳家的好景也同時開始蒙上闇影，一樁事情接連著一樁發生。先是陳桑過世，然後是二二八，次年女兒與母親也離開了台灣。最後，那宅子就只剩下她留守，陪侍著曾經留日的陳家獨子。

日據時代以經營布莊發跡的陳家，竟然就在大家視而不見的目光中無聲地消失了。位於台北千歲町的那座日式府邸，之後多少年來只剩大門深鎖。

如果大家連玉枝究竟何時搬走的都沒在意了，更不用說，那個陳家少爺在去日本後就瘋了這檔事，後來知情的人更是少之又少。

2

皇民化積極推動中的台北，商圈之間仍存在著門戶之見。西門市場多販售供日本人消費之用的舶來品，永樂與南門這頭才是本島人最主要的商業活動範圍。陳木榮除了在大稻埕擁有店面，更在千歲市場開幕啟用前，搶到了周邊一塊寶地開設了分行。白手起家的他，以一個本島布商最後竟能在多是日本官邸所在的千歲町購置了豪宅，足可見他在商界的鵲起與長袖善舞。

那幾年的生意真是風光，各方來求助陳桑贊助幫忙的不少。雖然書讀得不多，但陳木榮是個喜歡附庸風雅之人，對一些台灣新劇的演出，文藝刊物的印行都出過力，也不時看見他出入音樂演奏會與一些具文藝氣息的咖啡座。在外人的眼中，他與文藝界的來往未必無所圖，除考慮到時代風向的轉變之外，更主要的恐怕是為了栽培一心想成為作家的寶貝獨子。

陳慎出生於這麼優渥的環境，又得父親的寵愛與望子成龍的期盼，性格驕縱自是難免。跟他一起上過公學校的同學們都記得，他總愛穿著一件黑色長斗篷，當其他與他一樣有背景優勢的台灣同學都仍孜孜不倦，把醫科當成在殖民地唯一的前途發展，他卻每天手上抱著德國文學的日譯本，開口閉口靈魂自由激情與現代主義。

自視甚高則是帝大同學對他的印象。陳桑為了兒子，與文學界的前輩做足了關係不說，也曾讓他在一些自己出資協辦的文學刊物上發表過幾首日文的現代詩創作。但尚待提攜跨入文學界的陳慎，一開始竟然就發下豪語，要進軍「母國中央文壇」，對本島藝文刊物表現出不值得一顧的傲慢。甚至在一次文藝聚會的場合，二十歲的他大言不慚，站起來批評了這種殖民地文學的可悲：

「對於母國現在盛行的新感覺派小說，諸君們有任何理解嗎？那種真正挖掘內心的文學才是真正的文學！諸君只要一日不放下殖民地人民的心態，就無法真正理解文學藝術更高的價值！想要藉由幾篇小說或幾首詩來建立自己被殖民的存在感，就等於是承認自己還在低層的現實打轉！難道各位不了解，世界上有多少大作家，他們從來服膺的只有藝術。不是社會，不是政治！他們的精神是屬於人類的！他們的作品是超越地域的！母國現在也出現了這幾位幾乎要與歐洲文學並駕其驅的大作家們，讀讀他們的作品吧！做為身在台灣的新日本人，我們也應該朝他們看齊！」

這番誑語自然很快傳到了陳木榮的耳裡。

穿梭於政商各界的陳桑雖然不屬於守舊派的人物，但是他的與時俱進，充其量也只是權宜的靈活手腕，對於兒子的這一番話已觸怒本地勢力的嚴重性，他立刻就有了警覺。

他們這一代表面上對配合皇民化政策不遺餘力，但私下聊起下一代已漸漸自認是日本人，對於這樣的潮流並非沒有怨憎或遺憾。但陳木榮畢竟是個深懂見機行事的生意人，明白才剛開打的日本與支那戰爭，對台灣往後的情勢必會造成巨大的影響，福禍實難預料。那些把兒女送往中國留學的富商友人，在陳木榮看來，押錯寶的風險甚高。既然寶貝兒子在台灣已惹了禍，不如快快將他送去日本，讓他真正見識一下他心目中的母國現代文明，也許有朝一日，陳慎二字果真在中央文壇闖出名號也不一定哪……

陳慎一去四、五年，許多人都等著看好戲，連一篇作品都沒登上日本刊物的他，是否還有臉回到台灣。

以陳桑的財力，養著這個紈褲子在東京繼續遊手好閒並不是問題，所以當眾人聽說陳慎回國的消息時都異常驚訝。

3

二〇一二年初秋，一個中年日本男人走進了區公所，說是想要尋找當年叫做千歲町這個地方的某個住址。

高樓林立的這一區，如今早已沒有任何日據時代建築的遺跡了。辦事人員苦惱地問對方要尋找這個地址的緣由，是灣生回鄉還是早年父母曾派駐台灣？結果都不是。

對方用日語解釋，他的父親應該曾經居住在此。但是據他所知，他的父親一直是個小鎮雜貨商，從沒有提過自己曾經到過台灣。直到父親一年前去世，他才發現有許多幀舊照片都在同一地點拍攝，其中一張背後有著鋼筆墨水字跡記下的這個地址，令他非常好奇。

他取出那幾張照片給眾人傳閱，畫面中二十來歲的青年，蓄著那個年代流行的中分長髮，戴著圓形的金絲框眼鏡，或著毛呢西裝，或著日本浴衣，臉上帶著一絲戲謔性的睥睨神情。

沒錯，背景都是同一座日式木造建築，看那樑柱的工法，應該是個大戶人家。按照那青年不羈自在的態度與服飾的夏冬之分，顯然他在此處曾度過不短的時日。

翻遍當年日據時代的戶籍資料，並沒找到這位已過世的橫光信男在千歲町曾有登記。區公所求救於已退休的老辦事員張三郎，他雖認不得那住址，倒是在看到照片時脫口就說出，喝！這房子我知道！

陳家獨子曾是精神病患這樁八百年前的舊事會被重新翻了出來，就是這麼一件歪打正著的意外。

日本人提供的那個地址，從日據千歲町二丁目到光復後門牌改為羅斯福路，該處登記有案的戶籍資料竟然保存得極為完整。甚至還記載了一九四四年秋，名喚陳慎的男人曾被列管隔離，曾由此處轉進位於現今五分埔的「養神院」（總督府府立精神病院）。一九四六年戰後，又從精神病院搬回了位在千歲町的家中。最後歿於民國六十五年，享年五十七。

最後在世期間始終足不出戶的陳慎，過世時還曾引起過鄰里間的一番騷動，當時還在念初中的張三郎對這事仍有模糊的印象……

至於林玉枝，當張三郎看到她的戶籍是在兩年前才註銷時，不免暗自心中一驚。整區舊房改建後，沒有人關心過她離開陳宅後去了哪裡。沒想到，她竟然最後活了這麼大歲數！

4

日本人走了，新的住戶一一搬進了千歲町。他們對唯一沒有被新政府收去的那片宅園自然感到好奇。有人從已改名為南門市場的附近老店家那裡，聽說了一些零星的訊息。陳桑在二戰末已發現自己罹患了腫瘤，再加上家業無人可繼承，布莊的生意在他過世後只得收起，也是莫可奈何的事。

一連串變故並未在此劃上句點。

在大學裡擔任講師的女婿，某日被幾個穿黑西裝的人從學校帶走後就下落不明。陳桑生前曾因資助文藝活動而結為朋友的一些作家與教授，也在那一陣子逃的逃關的關，最後連女兒都被請去審訊了一天一夜。

戰後的陳家，幾乎是過著遺世獨立的日子。陳木榮生前行事作風強悍，勢利現實之名早在同行間傳播。對於窮酸親友們他總是提防著上門借錢或來分他一杯羹，最後皆與他們斷絕往來。隨著陳桑過世，女婿被捕，最不缺的便是旁觀者的冷嘲熱啐，陳家母女在台灣的最後兩年過得蕭條冷落，連最後避走他鄉也是偷偷摸摸，趁著夜裡登船，連個送行的人都沒有。

能夠打聽到的傳聞到此為止，這就是故事的終點。無論是說者或是聽者，他們都意識到那陰森森的無形監視。

風聲鶴唳的時代已展開，讓躁亂血腥終止的唯一途逕只有低頭噤聲。已由新統治者接收的官邸已門禁森然，陳家大門則是另一個不得觸探的邊界。兩扇大門之間，尋求安身立命的小老百姓們，這一端望去是痛苦，那一端望去是失落，只有這兩端之間所空出的範圍，才是屬於他們的安全地帶。這是倖存者與生俱來對生存領域的認知，不需任何明文告示就能立刻意會的一張地圖。

張三郎與他的同代人就在這樣的一個世界中成長，不知道自己失去了什麼，一路倒也平順，之後成家立業，一個個開始告別這個逐漸衰疲的老社區。

他自己也早在三十年前遷居大直。雖然遇到偶然機會自動請調回到此區，但是如今回想起來，他對老家滄海桑田的變化似乎從來沒有過特殊的遺憾或追念，頂多關心的是這一帶房價的起伏，與現在大直的房價相比差距幾何，計算一下當年賣屋換房到底是虧是賺。

直到這個叫橫光的日本人的出現，他才意識到自己是在一個如何冷漠的環境中度過了童年。從未有過懷舊感傷的他，想必是在成長過程中，早就無形接收到了大人們的念頭，總在盤算著如何能早點與過往切割。

也許不只是他，張三郎心想，或只有住過往日千歲町的人。也許他們整個世代都是如此，連如今的下一代也都是如此。

5

日本人又造訪了區公所幾回，依然得不到任何他盼望中的解答。張三郎為減輕昔日同事的負擔，自願為橫光擔任導覽前往當年的舊址走一遭，也算對日本人專程來台聊勝於無的補償。

這裡，就是照片上看到的那棟房子，原來的位置……張三郎只能用破碎的日語，加上比手劃腳，對日本人大致描繪著他兒時印象中的陳家老宅。我，住在那邊，再過去，以前是稻田……邊說邊做出張口扒飯的動作：米，你知道，吃的米……

五十年前，張三郎的父親與附近的鄰居多是公教人員，一排排水泥二層樓房都屬於不同機關的公家宿舍。同陳家一樣佔地廣闊的幾棟日式花園建築，也曾做為幾位政要的官邸，現在不是成了文創咖啡園區就是文物紀念館。小時候就聽大人說過，陳家是少數附近的私有財產，幾次改建徵地都動不到他們。但是真正的陳家人只剩一個兒子還住在裡面。

那，那個玉枝姨，跟那個男人是什麼關係？張三郎記得自己曾多次向母親如此詢問，但得到的回答總是「小孩子不要多嘴，不關你的事！」對於他們無法回答的問題，沒有比這更好的搪塞說法了吧？

裡面，住了什麼人？日本人手裡握著那幾張泛黃的相片，仰著臉打量著眼前的一座七樓電梯公寓。張三郎愣了一下，才聽懂他問的是照片中千歲町的那棟建築。

一個男的，跟一個女的……說完自己也覺得像是一句廢話。但是在下一秒，他的腦子裡像是有一道掃描雷射般的紅光閃過，讓記憶的門鎖無預警地感應開啟了。

一直以為自己從沒有見過住在園子裡的那個男人，事實上他不僅見過，甚至還與他說過話。

這個多年來不知道被壓藏在何處的記憶斷片，此刻由於日本人手中的照片，突然讓某個黃昏的畫面如同殘缺的一角失而復得。

也許那時候他才剛上小學，或者還要更早。與小朋友們在巷裡玩著騎馬打仗還是一二三木頭人的遊戲。媽媽們催促回家吃飯的聲音響起，然後突然人都散了。在沉淪的暮光中陳家的大門打開了一道縫。理著平頭的男子看不出究竟多少歲，站在門縫中朝他招手。他的膚色暗黃，但沒有皺紋。細長的眼睛黯淡無光，與臉上的笑意完全違和，反而給人一種非常悲傷而蒼老的感覺。男子對他說了幾個字，他搖搖頭，聽不懂……

畫面中接著出現的是一個氣急敗壞的女人，從屋裡奔出趕到門邊，對那男子大聲喝斥了幾句。男子張開原先握緊的拳頭，露出掌心中的糖菓朝他面前送來。他害怕地看看男人，又望了望女人，直到聽到一個溫柔的聲音：拿去。

他會不會是唯一聽到過那聲音的人？還是說，那只是他半世紀後舊地重訪所產生的幻覺？

他努力集中精神，想把那男子的長相與輪廓看得更清楚。然而畫面忽明忽滅，無法分辨，到底是那個黃昏裡原本就光影稀微，還是意識裡有什麼東西在阻擋著他的記憶修復。

6

回台第二年，陳慎住進了當時的府立精神病院，之前他在日本受到嚴重打擊而精神失常的外界傳說，也終於得到了證實。據少數在陳慎回國後見到過本人的友人轉述，幾年不見，那個驕傲自負的青年變得瘦枯憔悴，與其說是自東京返國，不如說更像是從地獄被釋放回到人間。

是因為失戀？還是因為創作之途上的挫敗？是染上了毒癮？還是……天之驕子受創的原因，眾說紛紜。嘴巴刻薄一點的，更直接下了嘲諷的結論：不管是失戀還是眼高手低，他到底只是日本人眼中的二等公民，這場夢終於可以醒了吧？

事實上，陳慎並不如外界加油添醋所描繪的那般瘋顛失常。他只是鎮日窩在房間，不時喃喃自語，偶爾夜裡會從睡夢中驚醒，如受到火刑炙烤般發出痛苦的嘶喊，除此以外，倒也沒有攻擊性的行為或更怪異的舉止。在家靜養的期間，固定有醫師來到家中做一些檢查，帶來一些藥劑與補品，他的體重也開始慢慢回復中。

沒有人比每日負責照顧陳慎生活起居的玉枝更了解他的病情。

如果就讓少爺繼續留在家裡不好嗎？為什麼要把他送進那個可怕的地方？一開始聽說老爺打算做這樣的安排時，玉枝著實感到納悶。

在鄉下的時候玉枝看過類似的中邪，不過通常都發生在女人身上，有的結婚後就不藥而癒，有的生完孩子就會慢慢正常。少爺的情況也許不同，但在她看來，還不至於需要被隔離的程度。而且聽說病人都會戴上腳鐐手銬，關在裝了鐵窗的小房間裡。有的病院隔離的不光是精神病患，還有一些傳染病的患者。病院裡還曾經發生過瘋人縱火事件。雖然害怕但也沒有選擇的玉枝，一邊整理著少爺的行囊一邊心裡哆嗦，誰要她是一個無處可去的人呢？

然而，進了病院後他們並沒有被安排與其他病人住在同樣的病舍。

一定是老爺的身份地位不同，玉枝心想，才讓少爺得到特殊的待遇，住在可以自由活動的小洋樓，而她自己也分配到內部員工宿舍裡的一個小房間。雖然如釋重負，不過也更加深了玉枝的狐疑。一開始在遵照醫生的規定時，玉枝還得忍住自己不要發笑。她以為終於見識到了，這就是所謂的隔離治療。

就如同在家裡時一樣照顧少爺就好，醫生說，除了一件事。若是少爺問起這是什麼地方，切記要回答，這是東京郊外的一棟旅館，明白嗎？

明白明白，大家一起騙少爺這裡是東京，所以老爺太太也不能來病院探望，對嗎？只能每週由她回家稟報少爺近況，然後帶回家書，由醫生將信中內容唸給少爺聽。每封信的開頭總是，慎兒，家中一切安好，勿念。你在日本一切要多注意……也不知道少爺究竟有沒有在聽，他只是坐在窗邊的椅子上，身體微微搖晃，偶爾會突然冒出幾句日語，像是「卡將，身體無恙嗎？」或是「多桑，日本是一個偉大的國家呢！」……

父親生病的事沒有人在他面前提起，他也無從知曉美軍飛機炸毀了昔日美侖美奐的「鐵道飯店」。沒有人告訴他，外面的世界跟他所記得的已經不同了，日本在戰場上節節失利，俄國已經加入了同盟國，戰爭結束已經指日可待。也沒有人告訴玉枝，究竟要在這地方陪少爺待到幾時。

7

電話的那頭響了數十聲，張三郎年近七十的姐姐才終於接起。婚後就與夫婿落戶台中，平日與弟弟並不常聯絡，所以當她聽到張三郎打電話來，竟是為了這麼久遠以前的一件小事，認為一定是他退休後的生活太無聊。我哪記得那麼多？根本就很少看見他出門嘛！她說。

正想要轉移話題，向弟弟推薦最近服用的一款養生補品，結果立刻又被張三郎打斷繼續追問：那妳總該記得，那個男人死的時候，好像還鬧出過什麼事？那時我才剛上國中的樣子，妳應該都高中了，總會比我有印象。

你突然問起這些事幹嘛？懶得動腦的姐姐冷淡地反問。

張三郎臨時把到嘴邊的話嚥下，不打算把日本人千里來尋父的原委道出，恐怕姐姐覺得他是不是有什麼偏執妄想，只好胡亂推說，退休的老同事們想要發起一個千歲町口述歷史的計劃。

這樣喔——電話那頭的人嘆了一口氣。說實在的，時間太久了，我也記的不是那麼清楚了。好像有這麼回事，警察都有來過。對對對，想起來了，那個男人被懷疑是活活餓死的。警察有把那個奇怪的女人帶走，過兩天又被放了回來，應該是證據不足還是什麼其他原因？不知道啦！

就這樣嗎？

不然要怎樣？那是什麼年代你搞清楚ㄟ，警察上門很恐怖的，誰敢多管閒事？

過去幾天的相處過程中，張三郎帶著日本人在近郊觀光走動，一方面希望能暫時舒緩他此趟來台的徒勞，另一方面張三郎也在企圖博取對方更多的信任。心頭的疑點，張三郎只能對妻透露。雖然對他這段童年舊事之前並無知悉，妻在聽完之後也不覺深嘆了一口氣。

你也沒有真憑實據，死者為大，還是不要太多事吧！妻說。

可是我覺得，橫光桑會老遠跑這一趟，心裡一定有太多糾結。也許，我是唯一能幫助他的人。

8

約莫到了春夏之交，玉枝明顯感覺到主人們對她的態度比起往日有了變化，說話的口氣異常親切不說，太太還會帶她去布莊量製新裝，連小姐也會塞給她一些脂粉香水之類的小禮物。

某日，太太甚至把她叫進臥房，拉她在床邊坐下，將一個金鐲子套進她的手腕。玉枝，我們從沒把妳當外人，多虧了妳，少爺現在比起剛回國的時候已好多了——

體己話沒說兩句，太太突然就沉下了臉：所以妳也要知輕重，自家人的事情絕不可對外人說。等事情過去，我們自當對妳有更好的安排。聽見了？明白了？

老爺過世後，太太小姐也出國一去不回。起初還有不定時匯來家用，到後來連音訊都全無，玉枝只好四處攬來洗衣針線種種雜活守著那宅子。直到那個突然風雨大作的夜晚，她總算想通了這從頭到尾究竟是怎麼一回事。

滿天的雷電暴雨彷彿都是從玉枝心口噴出的血與恨，這麼多年來被陳家欺騙的無助與屈辱，在風雨的催化下，終於爆發成為發了狂的絕望。

9

子女都已成家，平日家中就是夫妻二人，邀橫光先生來家晚餐那天，張三郎特地把日文精通的外甥女莎莎也叫來作陪。飯桌上他與妻都顯得拘謹，談笑聲都是莎莎與橫光之間的互動。小女生對此餐的目的並不知情，張三郎認為這樣最好，待會兒才能客觀正確地翻譯出橫光說出的每一個字。等妻端出了咖啡與水果，大家移到客廳重新入座後，張三郎終於清嗓說出了他已準備多日的開場白。

「橫光先生，我們台灣人喜歡說緣份。你從日本來，我沒有幫上太多忙，真的不好意思。雖然橫光先生後天就要回去了，但是我還是會繼續努力，如果有什麼發現，我會跟您聯絡。」

日本人起身九十度一個大鞠躬。

「但是，橫光先生，我希望你不要覺得我太無禮。因為這幾天與您相處下來，我知道您可能沒有把您所知道的全部都告訴我。我非常願意協助，如果您可以信任我，再多一點的線索會很有幫助的——比如說——我就直接問了，您的父親有沒來過台灣，這件事為何對您這麼重要？」

日本人聽完莎莎翻譯的轉達，開始陷入了帶著哀思的長長沉默。然後——

「我寧願相信，他從沒有來過台灣！」

果然。

張三郎屏住呼吸，甚至無法與妻交換一個眼神，深怕任何一個小動作都會改變橫光吐露實情的決定。

「從小，多桑都不太跟我們提到他的過去。在那樣的小鎮，那個年代，男人們多半沉默寡言，也是很平常的事。對多桑的過去一直知道得有限，我一直以為，是因為他們那一代經歷過二戰，一定有一些他們不想面對的往事……然後，這些相片出現了。年輕的多桑在這些照片裡看起來是完全不同性格的一個人。我開始去查閱他的舊日戶籍，發現他原本就是孤兒。奇怪的是，竟然在太平洋戰爭時他曾經被派駐在菲律賓，然後因為重傷被轉送到台灣就醫──這太荒謬了！我非常確信父親全身沒有一處傷疤，他的身體到老時都還是非常光潔！而他最後回國前的資料，竟然是登記在這裡的一間精神病院──」

彷彿灰霧般的寂靜再度降臨。好一會兒後，張三郎才用微見抖顫的嗓音重新開口：「您說的是，『養神院』嗎？」

他用筆在餐巾紙上寫下這三個字，由莎莎拿到了日本人的面前。

「他說是這個名字沒錯。」

坐在身邊始終沒有出聲的妻子，突然伸手緊緊扣住先生的五指。

10

其實他何嘗不想就此遺忘。

看似無意朝門後的一個偷窺，那些不可告人的堆積立刻如沙塵風暴般捲起。他明白了為何人生中總有許多不得不遺忘的故事。他想，他只要記住終於拾回了那個黃昏的記憶，在那座神秘宅園的大門後，曾出現過一個女子溫柔的聲音與一個男子善意的笑容，也許就夠了。

那個叫玉枝的女人，不可能不知道這整件事的來龍去脈。也許在時光之流的某個出口，一輩子守口如瓶的她還在等待著。但是不該由他來伸出救贖的手。總會有下一個人，下一個巧合，將她帶出死後仍上不了岸的漂流。他相信，絕非世上已沒有知情的人存在。每個人知情的部份，都只是拼圖中的一小片。就算記得，他們也不會知道自己參與過的那一小部份，竟然在猶如骨牌相連的共同命運中推倒了下一張骨牌，讓許多人的人生在無知的狀態下全都走了樣。

傾倒的骨牌就到他為止。

甚至不需要讓橫光桑知道，這整件事的「巧合」究竟是什麼。

若是由他來提供真相的線索，那種成為共犯的不潔感便在他心裡油然而生。更有可能的是，在上個世紀所有曾居住在此的人，從頭到尾其實都扮演了共犯的角色。

真相的拼圖，只有完全無罪的人才有資格去完成。

總是會被發現的。不可能永遠沒人知道。

他只希望，日後不要再被記憶的敲門聲提醒，他最後所選擇的沉默。

11

在他人生最後的那段時光，經常會要下人播放由本島女歌手愛愛灌錄的唱片。留聲機中傳送出的青春歌聲在屋裡鎮日迴盪，彷彿他想要藉此沖淡漸漸籠罩各個角落的那股死亡氣味。在那樂聲中，有時他會恍惚又看到被美軍轟炸燒毀前的「古倫美亞唱片公司」，位於榮町「明治製菓」樓上的咖啡店，還有咖啡店裡親切可人的「女給」，以及四十出頭總是西裝革履、意氣風發的自己……也不過十年的時間，怎麼這一切就如沙灘上堆起的小城堡，一個浪潮就被打得四散五裂了？

在他內心深處的認知裡並非不知道，這一切，本來就是沙灘上的城堡——除非，能讓自己站在浪頭上。

為了這個目標，他從不曾因旁人的眼光而浪費力氣思前想後。與親友恩斷義絕，與同業爾虞我詐，向權勢行賄巴結，這些都沒有讓他感覺過懊悔或不值。直到知道死期將近的這一刻，他仍為當年這些必要手段所為他換得的成果感到自豪。

除了讓小慎二十歲就離家赴日這一樁。

絕大多數殖民地的父母，如果能力許可，誰不想送兒子去日本習醫或取得工程師學位？在病榻上想到此事仍不免痛心。如果當初能夠堅持自己的看法，所有的悲劇都當可以避免。自己雖不是讀書人，不懂那些優美的字句與崇高的理想，但是身為經營者，他自認懂得管理之道，不能讓底下的人有太多的要求與想法是上層階級的不二法則。早有的先見之明，卻被兒子一場怒氣狂飆吹亂了方寸。他永遠記得兒子漲紅著臉，把一本擱在他桌上的黃曆撕得粉碎的那個畫面：

「你們這些人！你們這些人就是讓台灣進步的絆腳石！永遠在懷疑，永遠活在過去，難道你們這些老傢伙看不見，日本人對此地的文藝活動已經有了完全不同的態度了嗎？日本人明治維新接受了全盤的西化，成為能與德國並肩作戰的強國，你們為什麼就不能接受全盤的皇民化？抱著這些支那的老骨董，究竟這些東西能帶你們到哪裡去？能帶我們年輕這一輩到哪裡去？我們都相信再過十年，台灣『新日本人』就要成為完全的日本人了。這就是我的名字，這就是我的人生！」

做父親的對兒子的憤怒與激昂不是毫無同理之心，但是，為什麼要在這個時候？為什麼不再等等看，風向究竟會怎麼轉變？他怎麼能在我面前指責我是他的絆腳石？「新」？難道只有他聽說過這個字？「滿洲國」、「皇民運動」、「大東亞共榮圈」……這些名詞，哪一個在出現的時候不是新穎又具號召力的？哪一次我陳木榮不是從這些新風向中掌握到了商機？——

戰爭到了末期，日本軍的敗相已露，透過經常來往租界地的商人朋友，這樣的消息耳語想要遏制也難。出診來到家中為小慎看病的日本醫生，想必比他更早明白這場戰爭的結局。陳桑，包在我身上。人選都已經幫你挑好了，沒家沒眷的一個傷兵，跟小慎少爺年紀相仿。對方願意為小慎鋌而走險，當然還是看在錢的份上。但是——

他懷疑腫瘤細胞已經侵入了他的腦部，怎麼他已記不得，在接受醫生那個大膽提議的當下，自己有沒有過掙扎或猶豫？——是因為自己對小慎已徹底絕望了？或是覺得無法再面對這個恥辱？還是他太了解自己的兒子，就算復元以後，那也再不會是原來的小慎？——至少現在的小慎不必忍受學習支那語的痛苦，終於可以做真正的日本人了——這樣的安排，終究算是抵銷了之前曾讓他感到懊悔的錯誤，還是——

放下筆，揉掉了不知是第幾封無法寄出的家書草稿。

耳邊響起的，不再是婉轉俏皮的歌聲，而是兒時田間搭起的戲台上傳來的絲絃與鑼鼓喧譁。也許迎接他的隊伍已經來到門前了。答案的揭曉，他知道，自己已經看不到了。

我在一九八九年八月赴美讀書，在海外求學教書一晃十載，中間偶然回國總是來去匆匆，等到千禧年終於鮭魚返鄉，卻又落腳東海岸執教，即便週末北上，已過中年的我也早沒有了在城市中逍遙的興致。

一九九〇年代的台北對我而言，並不曾真正發生過。對台北的印象，有很長一段時間，就這樣停留在了過去。

只要能加速追趕補上，這樣就不會失落了嗎？以前不知，鄉愁竟會在歸來後才開始。只有在遠方眺望，家園才會顯得溫暖熟悉。近看潮餐廳紅排行酷夜店，卻無一不讓我怯步。那些還殘存的老地址破巷弄，它們才是我歸來的理由。

紹興南街那一排日本房，曾經是台大教職員宿舍，外公在那兒清寒地住到死。即使如今牆殘門破，仍還是我人生的唯一插座。一切都從這裡開始，也只能從這裡繼續。

某回與人相約西門捷運六號出口，在等待徘徊的同時，我出現一種幻覺，以為又聽見火車要來了。叮叮叮叮，柵欄放下，軌道兩側的人車滾滾都瞬間凝結，彷彿那是某種重要儀式，一個許願時刻的來臨。

列車經過，車窗口一張張臉孔都帶著興奮神情，張望著流動街景，不期然便與馬路上的我們四目交會。明天會更好，愛拼才會贏，都是返家離鄉的主題曲。

二十一世紀？

不知為何，都過去五分之一了，我卻仍覺得，那彷彿是條不斷在後退的起跑線。

KTV裡的小說家

二〇一六年三月號《印刻》雜誌
原名〈KTV裡的小說課〉，二〇二〇年十月修訂談談我對KTV的想法嗎？

說起來，這裡還真是個奇妙的地方。就舉看電影來跟它做個比較吧！三十多年來，不知已經歷經了多少不同的方式。電影院從大廳改小廳，小廳又變多廳，從錄放影機還不流行，到現在的網路串流，電腦上手機上都能看片。重看一部老電影，每次都會在不同的情境，特別增添了時光流逝的滄桑感。

但是在KTV包廂裡，同樣的人事物卻一再以同樣方式重複。這是極少數不需要技術革新的產業，依然按照三十年前原初概念而沒被淘汰。一支麥克風，一個螢幕，一個房間。

有些歌是我念大學時候流行的，到今天仍有它的原版帶播出，還是當年同樣的畫面景物，然而唱歌的人並不會覺得自己像那部電影Groundhog Day裡的氣象主播，一直被困在同一天裡，反而會因此感到開心，時光可以在這裡暫停。你不覺得很有趣嗎？

當這些歌星一個一個都過世以後，這些MV裡的身影都化成鬼魂以後，KTV恐怕仍然存在。五十年前的老歌只有聲音，但現在的老歌全部都是有影像的。不是已經有了一種３Ｄ立體投影的技術嗎？我期待或許未來這個技術可以跟ＫＴＶ結合，我們就可以在ＫＴＶ裡跟鄧麗君或鳳飛飛一起同台合唱了！

你為什麼會覺得這樣很恐怖？

嗳不要幫我點歌。想唱你自己唱就好。

雖然是約在ＫＴＶ，我只答應了訪問，並沒說我要唱歌喔——

颱風又趁著週休二日伺機登陸。

在臉書上滑來滑去，淨是毒舌酸語。「氣象預報從來不準，三天前還說不會登陸，訂了民宿現在又要退，好麻煩！」「市府豬頭官員們這次好狗運，不用宣佈明天到底要不要停班停課，否則一定又被罵到臭頭，哈！」「該停班的時候不停，一停就保證沒風沒雨！」「老闆們爽到啦！不用多放一天颱風假嘞！」……

男子把手機關上，往沙發上一丟，起身著裝。

半天前Line群組中就有人在吆喝了。原本沒打算出門，現在他改變了心意：至少他還是有趴可跑的人，不像那些網路上的魯蛇只能繼續靠北。

一個紅綠燈之外就已經看到整座KTV大樓的門前擠滿了人，果然是發到了颱風財。零錢不用找了，運將大哥辛苦了。不等司機正準備要開口大罵颱風夜還有臨檢，男子已經冒著雨跳下了車。這個年代要聽抱怨可是永遠都聽不完。進到大廳裡，看到還在排隊等叫號入場的人潮，他腳步輕快地切過那些怨聲載道，愉悅地走進電梯長驅而上。

拿出手機確定一下幾號包廂，順便打開APP交友軟體，展開定位搜尋，好奇同樣在這座大樓裡，有多少帥哥今晚也成了風雨不歸人，搞不好待會兒也會出現在同間包廂？

756 756……樓層如迷宮，這該死的756包廂到底藏在那個角落？男子出了電梯後已經七拐八彎了幾回，仍找不到同伴們的下落。發現走反了，從甬道又退了出來。服務人員忙得不可開交，顧客們也是進進出出川流不息，他邊找他的756還得一路閃避人來人往。連鎖歡唱企業，幾乎任何時候都是燈火通明，走在包廂甬道，總有echo效果開得極強的歌聲，一波波如魔音傳腦，是不夜城，更是無晝國。夜唱通宵，早晨八點步出店門，那突如其來的日光包你驚嚇得想遁地躲藏。古代紅樓金粉、夜夜笙歌的景象，想必也不過如此。

這時，一個很多年前的畫面忽然從男子的記憶裡跳了出來。不知為何，那次散會時他只不過去上了下洗手間，出來的時候一個人影都不見了。整個樓層客人都走得差不多了，走道上一片沉靜，燈光也幽冥，只剩一扇扇包廂小門虛掩。面對那景象，他當下覺得自己何其寂寞。

又是似曾相識的幕啟。這麼多年後，他還是過著大同小異的生活。雖然已不自覺哼起了一首歌，但是每回落幕後人去樓空的隱隱作痛，仍像隨時待發的疹子般佈滿心底的某個角落。

終於站在了756的門口，他不知已是第幾次，跟自己立下了類似不確定能否履行的承諾。

（記得別待到太晚。喝到最後一個走人實在不好看。）

你能想像走在一間空盪無聲的KTV包廂樓層中嗎？跟你說，真的是滿恐怖的。恐怖之處在於一種反常。平日夜夜笙歌的大樓，如果突然變得悄無聲息，燈光也幽冥，只剩一扇扇包廂的空門虛掩呢？

我沒料到自己竟然生平能碰到這般異象。不知為何，那次他們就關閉了一整個樓層；我這人有時大膽到近乎無聊，趁著沒人看守，便在甬道上閒逛起來，真的是很陰森。

我早年的時候寫過一個短篇小說，場景就在KTV。主角之一是店裡的一個少爺，他在空房間裡收杯盤時，突然聽見電視機裡有人跟他說話。對方是困在當紅情歌MV中的女幽靈，因為自己被一再地複製模仿，如今面目模糊不得超生……

對，就是那篇。少來了，你真的讀過？

原來如此。我就說嘛，收錄那篇的那本集子後來絕版了，以你的年紀應該沒機會讀到。我不知道後來又重印了，還成了你們上課時的教材。時間過得真快。我當然很高興，少作竟然沒有被遺忘。

你想聽KTV的鬼故事？好，那我就來說幾個給你聽。

第一個是輾轉聽來的傳說，出處已不可考。一群時下光鮮的男女正唱得盡興，突然少爺推門進來：「請問有按服務鈴嗎？」打擾了眾人的歌興，大夥不耐煩地只想打發他走：「沒有沒有！」於是門又關好。幾秒鐘後，有人開始我看你、你看我……怎麼會……？剛剛少爺探頭進來是從洗手間那個門！

有被嚇到嗎？呵呵。你跟所有聽完這個故事的人一樣，一定都會轉頭朝洗手間望一眼。

這還沒什麼。有一次我一個人在包廂裡，就在我唱著阿妹的那首〈勇敢〉的時候，竟然還聽見另一個聲音在跟我合唱呢！

容納二十個人的包廂擠進了快三十個人，大概許多都是像他這種，原本說不會出現的變卦者。男子很快地把室內的人都快速瀏覽了一遍，熟面孔居多，不免有點失望。

真要說他跟包廂裡這群人哪個交情好，好像也說不上來。倒了杯酒，不但沒位子坐，連找個地方站著都困難。包廂裡的菸味濃度已高到嗆人，男子置身於喧囂與一片煙霧迷漫中，原本伸手進口袋取菸的習慣性動作，被他暫時克制住。

沒行情的阿胖依舊是坐在角落裡滑手機。還沒到午夜丁丁就已經喝醉了。小黑又在眼巴巴等著Kevin何時會注意到自己。（不是勸過他根本不可能了嗎？）老蔡身邊還是那個小鮮肉，這兩個人難不成假戲真做了？轉過頭去，朝坐在沙發區的小林跟麥可多瞧了幾眼。上回是他動作太慢，麥可不知道是誰帶來的，好不容易有了新面孔加入，卻被小林捷足先登了——

（別再往那頭看了！記著，露出垂涎的德性是大忌。）

大電視螢幕前站了一個身影，由於是背對著的，男子不確定是否見過。已經被唱到爛的一首K歌，十年來竟然都還在點歌排行榜前十名，MV裡又是甩巴掌又是車禍，灑狗血到不行。奇怪那人就一直盯著螢幕，彷彿陷入了失神的狀態。男子喝了一口沒加冰塊的純威士忌。

（應該沒見過。是誰的朋友？）

但是那個人就這樣被釘在原地，繼續對著螢幕目不轉睛。

一首歌終於播完，畫面上跳出了「來賓請掌聲鼓勵」。敷衍的掌聲零落從不同角落響起。根本沒在聽的男子，一心只等著背對著他的那人回頭。

（會不會是剛剛還沒進來前，在APP上看到的某個帥哥？）

那人終於慢慢轉過身。還不到帥哥等級，不過也不算太差，至少不是丁丁或阿胖那種死妹仔。是個方臉男，應該跟自己差不多年紀，男子揣度，可能還要長幾歲。男子注意到對方額前的劉海中有一綹白髮垂於其中，不太明顯，但逃不過他多年來打滾練出的法眼，他向來對這些細節可是明察秋毫。

對方的眼神令男子覺得特別。一種置身事外的淡然，不像喝醉，也不是傲慢，就是跟現場的一切保持了某種距離似的不知所措。

是孤單。

這樣的神情，男子相信自己在曲終人散的時分一定也曾不經意流露過。心頭為此稍稍抽扯，隨即轉為心跳。總算四目相接，但是那人的臉上無明顯反應，倒也不是傲嬌作態，就只是繼續朝著男子的方向，無關痛癢地望著。

男子覺得自己被打槍了。

後悔自己太主動，他把剩下的威士忌一飲而盡。這時，適才放空放到不知道哪個朝代去了的那人，眼神突然聚了焦，彷彿才意識到在這包廂裡有另一雙眼睛在與他對望。淡然的眼神起初露出訝異，接著如同被裝置了新的電池重新啟動，死而復生般漸漸有了溫度。

（表示一下好感，能有多難？）

隔著一屋子歡鬧的人影綽綽，男子朝對方送上了一個佯作靦腆的微笑。

第二個故事我在場，只是當時渾然不知發生了何事。

我那年有一部小說被改編成了舞台劇，演出結束後的慶功宴選在某大KTV，開唱時已過午夜，大家本就有唱通宵的打算。我們的燈光設計喝多了，三番兩回往包廂外的洗手間跑，有時去一下，有時半天才回來，沒有人特別注意，直到他一去太久，兩三個小時沒人影。最後大家猜他可能自己先走了。

其實他一直在樓裡。

事後他說，在洗手間裡給人拍了一下，出來的時候突然景物全非，不是來時路，更不見往來客，有的只是兩排人影一路推擠他，不讓他通過，硬將他送進一間破舊的包廂裡。那裡面的桌椅都有燒焦的痕跡，裡面的人也都皮塌骨爛……

他一整個晚上都在鬼打牆找不到路，等到終於看到一個穿制服的工作人員，他撲上去抓住對方，問這到底是什麼鬼地方？他才發現，原來的十二樓已經變成了四樓，外面已是早晨豔陽高照……

你大概猜出來了；沒錯，那棟樓被燒過。

我常常一個人來KTV，那人說。

「也是啦，真正想唱歌，最好一個人來。像今晚這種場合根本不適合。都是因為朋友邀所以才會過來。沒辦法，還是得維持跟同類之間的社交囉——」

男子說完，趁對方沒注意，偷偷瞄了一眼手錶。已經過午夜了，但是從走道上傳來的人聲與不知哪間包廂偶爾傳出的嗨翻天，顯然證明風雨無阻的人有增無減。

很意外丁丁那個花痴今天沒來攪局。那是每當有新貨出現時最常遇見的戲碼，總有人見不得他人成局。應該不會有人注意到他們倆都沒唱歌，一直自顧窩在角落裡聊天吧？男子心想。

沒人來打招呼，這樣最好，免得明天群組裡八卦又亂傳一堆。只是先前以為眼前的這傢伙應該同他一樣，颱風夜裡孤枕難眠，沒想到對方卻非常沉得住氣，話題東兜西轉。已經喝了五杯威士忌，他甚至都感睏意了，那人卻隨著時間越晚，精神顯得越發亢進。這不打緊，在他聽來，對方的表達方式非常天馬行空欠缺邏輯。正如這會兒，話題又無預警地一轉，變得異常嚴肅起來：

「一個人來唱ＫＴＶ，關起門獨自在包廂裡，有時也是挺危險的事，」那人說。「我之前就有想過，如果一個人唱到一半突然心肌梗塞，要多久之後才會被服務人員發現呢？……或是，如果想自殺的話，不必去旅館，這裡也是個可以考慮的地方，吞藥前還可以唱幾首自己最愛的歌，為自己送行……」

什麼呀？對這樣病態的胡說八道，男子只能支吾敷衍：「還真會想。呵呵。」

現在就像是頭已經洗了一半，話不投機也只能撐下去，否則就等於前功盡棄。更何況這段日子以來戰績太差，連小林都比他有行情。眼前這人雖比不上麥可的條件，但也還過得去，事後應該不會被人虧說他飢不擇食。

說到底，圈子裡的生態不就是一向如此？

總是寂寞太多，機會太少。男子企圖改變話題：「單身多久了？」

「很久了。」方臉男說。「我不記得我在這裡多久了。」

好，下一個問題。

為什麼我的作品裡面常常會出現鬼？

因為我真的很衰，常常會碰到這種撞邪的事呀！

你不信嗎？

那我換個方法來說好了。如果我說，我覺得創作本身就很像撞邪呢？

你以為靈感是什麼東西？

我雖然一輩子寫了這麼多作品，但是那些被我寫下的故事，真是我無中生有自己創造出來的嗎？我懷疑，它們其實早就存在那裡了。就像我剛才說的，在KTV唱歌時自己並不是在獨唱，只是有的人聽得見，有些人完全無感。每一個故事都在等待那個能感應的人，如同死去的人等待著被3D投影出來。

也許都是故事找上了作家，作家只是它們想要合唱的對象。

為什麼還不離開？

他若能記得進包廂前曾跟自己所做的約定，該走的時候就要走人，事情就不會變得這麼離譜。

「你想聽鬼故事嗎？」

「喔，好啊。」

為什麼會留下來？不光是這一夜，還有之前多少夜，每次都抱著那樣卑微的期待留到最後，就是不甘心整晚一無所獲，到底是什麼心態？

「某年尾牙吃完，我和我們那個單位去KTV續攤。我們組長喝多了，不停往包廂外的洗手間跑。忘了說，那棟KTV有點老舊，不是每間包廂都有廁所。反正鬧哄哄一群人，組長有時去一下，有時半天才回來，沒有人特別注意，直到快散會時，大家才發現他已經失蹤兩三個小時了。」

「就這樣？」

他從一開始就對鬼故事沒有興趣，想不出該怎樣回應。

「其實他一直還在樓裡。」

停頓。

方臉男似乎很得意自己為故事所做的懸疑效果，聲調開始不自主上揚：

「事後他說，在洗手間裡有人拍了一下他肩膀，然後他就找不到回包廂的路了！外面突然變成另一個跟他進洗手間前完全不一樣的場景，通道上站了兩排人影，不停推他擠他不讓他過，每個人的臉都是灼傷焦黑扭曲的，連走道牆上的壁紙也是！一整個晚上他就一直在鬼打牆找不到路，等到終於看到一扇沒人堵住的門，他立刻撲過去推門衝出，這才發現，他原本包廂在十二樓，如今人竟然在三四樓之間的逃生梯，外面已經是早晨八點……」

「也許他只是喝醉了，」男子說。「或者，他只是跟某個傳播妹搭上了，跟老婆無法交代行蹤，所以故意編出來這個故事好脫罪。」

「你真會編劇。」

「你說對了！我真的是幹編劇這行的。」男子立刻接口。怕自己會露出得意之色，還刻意說得輕描淡寫。照以往的經驗，聽到他職業的人一定會接著問，是電視還是電影？有什麼作品我可能看過的？結果方臉男只是點了點頭，並沒有另眼看待的意思。

「好，現在換我也來說一個！」男子說。

（又是無聊的好勝心作祟，怎麼就改不了？）

「嗯……有一次啊，我在一整層沒開燈也沒人影的樓層亂晃，走在陰暗如迷宮的包廂甬道上，我下意識就想去扭開其中的一扇門。推開門，迎面一陣濕霉的冷空氣，我渾身起了雞皮疙瘩，半天不敢睜開眼。過了半天才終於鼓起勇氣，覷起眼一看，結果——」

順勢黏靠過去，他聞到了從對方身上散發出的一股無法形容的體味。不是古龍水。不是洗衣精。比較接近的——他思忖了片刻——也許像是中藥的某種藥材？本想努力編出一個驚奇的收尾，卻因為對方身上的特殊氣味讓他分了心，最後決定乾脆捉弄對方一下：

「結果——不過就是間空包廂！哈哈哈。」

對方不覺得好笑，甚至有點像被這個胡亂草率的故事冒犯了似的，皺了皺眉：「什麼意思？我不懂。」

與其問我為什麼最後會放棄，不如問我，之前為什麼堅持了那麼久？

你可曾有過遇到某個人，想跟他上床又不想跟他上床的那種天人交戰的經驗？你不想錯過，但是又懷疑最後可能只是空歡喜一場，因為那個人釋出的訊息總是有太多模糊空間？

就像是，就像是某種朦朧的慾望一直無法具體，也無法讓它消失。你不斷企圖用各種方式逼近那個慾望，最後卻總是被打回到原點……

我們真正害怕的不是明確的拒絕，反而是之後如何發展將不在自己掌控之內的那種不安，總會企圖用各種方式確認，對方到底是不是你所想像的。但就算對方真的通過了你的測試，並不表示你對愛情從此不再有懷疑。到最後懷疑果真毀掉了被眷顧的幻覺，直到下一次的貪求與不死心又被挑起，你又再度向愛神搖尾乞憐……對我來說，寫作就好像是不斷投入類似的，一種令人絕望的慾望……

說好了我只回答跟創作有關的問題。以上所做的比方，純屬論證，與我的私人生活無關，ＯＫ？

你也好歹自己動動腦。我說故事會找上作家，意思可不是有人會把一個成品交給你。

掏出打火機，遲疑了幾秒，他還是把叼在嘴上的香菸點燃了，接著起身朝洗手間走去。

聽見身後已經有人悄聲跟著一起進來，他立即機警而迅速地關起門，包廂裡的嘈雜立刻被隔遠了。

抽風機嗡嗡低頻地轉動著。他把抽了一半的菸丟進馬桶，轉身將對方壓在門上，洩憤似地他吻起對方的唇。

咚咚咚咚。

（哪個不識相的，這時候在敲門？）

側耳探聽門外動靜的同時，他把食指放在自己的唇上，示意讓懷中人輕聲移站到方便開門的位置。三四個人扶著癱軟的丁丁一股腦兒就往洗手間裡衝，趁亂兩人面帶無辜迅速回到了包廂坐下，隨後就聽見身後驚天動地一陣狂嘔。

就算這時候出場，也一定很難叫到車吧？直到那個已經可以宣告破局的時刻，他還在為自己的滯留尋找藉口。只是留下來變得比稍早更尷尬了。兩人各自心有旁騖地坐在那兒，假裝專心地看著其他人在耍寶拚酒。再度出師不利沒被小林目擊吧？他懊惱著：否則一定被小林笑死了連這樣的咖都搞不定！心虛地巡視了一下場內，結果發現小林並不在包廂裡。那麥可呢？

正一個人坐在角落裡滑著手機的麥可，這時突然心有靈犀地抬起眼，朝他笑了笑。那一笑讓他的心情沮喪到極點。

那種寂寞的感覺又回來了。

「如果剛才沒有人來敲門，你會在裡面幹我嗎？」

聽見這樣的問話，男子當場只能用傻眼形容，原本搭在對方肩上的胳臂立刻抽回。「沒事沒事，唱歌吧！」男子說。

「連一夜情都嫌太麻煩了，是吧？」

「沒有什麼麻不麻煩的，就是感覺對不對而已嘛。誰知道接下來會發生什麼事啊？想太多了吧？」

他不耐地丟出一個自認聽起來不會太下流的說法。

那人目光放空的神情又出現了，但這回，那眼神裡的空寂彷彿預告了某種即將脫韁的情緒：

「我想太多了？……大家都喜歡說我想太多了，但是我想得再多也萬萬沒想到，我前任會為了一個五十幾歲的老頭子跟我分手！」

睏意當下全消。

這傢伙是個怪咖至此已經無庸懷疑。怎麼他就沒能早一點發現呢？現在他該如何儘快與此人劃清界線，同時又不會刺激對方讓情形更失控？

一度故作鎮定地開始東張西望，企圖尋找可以助他脫身的機會。這時恰好出現了一幫人，之前在酒吧先喝了一輪才又趕過來湊熱鬧，一進包廂便嚷嚷著，現在外面的風雨好大，然後其中一人滿身濕淋淋地就急著搶過麥克風：「這首歌我最愛了！」兩個妹仔開始為了一首歌互不相讓，上演起搶麥克風大戰。他於是裝出一副對戰局興趣盎然的表情，拍手大笑，希望藉此掩蓋過今晚他所犯下的最大錯誤，並祈禱自己的窘狀沒有引起任何人的注意。尤其是麥可。

正當他想趁機轉移陣地到麥可身旁，方臉男一把抓住了他的衣袖。他想掙脫，卻不知為何，那人一句句一字字都好似帶著催眠法力，教他不想聽都不行：

「我前任很愛唱歌，我喜歡看他非常認真唱歌的模樣。有一次我點了一瓶紅酒，他從來沒沾過酒的，完全不知道自己沒酒量。唱完離開的時候，他已經醉了，我跟他站在路邊等車，他就一直勾著我的手臂，盯著我的臉傻笑，我把他抱在懷裡，削瘦的身軀只穿著一件單薄的夾克，那時已經是十二月了。他在我的懷中微微顫抖著，我跟自己說，我會，一定會好好照顧他……」

「人家就不想——」

本以為自己可以怒聲嚇阻對方，不要再繼續這樣的自言自語，但是卻感到不知從哪裡升起的一股氣壓，讓他連發出聲音都變得困難。

「在一起五年，竟然一次出軌就讓他完全變了一個人！為什麼會發明APP交友軟體這種邪惡的東西？為什麼明明知道人家有B還要勾引人家上床？人是會中邪的，除了中邪你要我怎麼解釋他分手時給我的理由？『我認識他之後才發現我從來沒有愛過你。他已經五十多歲了，除了我，他以後不可能有別人了。你比他年輕，以後還有的是機會。』這不是中邪是什麼？難道是真愛？後來我還是會一個人回來這裡，一個人開一間包廂，但是往往坐一個晚上一首歌都沒有點。沒有哪一首熟悉的歌是他沒唱過的，那些歌我一聽到都還是會想哭——」

「想哭？那不是陳奕迅的歌？」

如一條瀕死的魚終於被放回水中，他放大嗓門，將他能夠發揮的最大譏諷惡意，毫無保留地裝進他故作天真驚喜的口吻裡：「你要我幫你點那首〈想哭〉嗎？」——

很抱歉，我沒法為你簽書。就算我做得到，你要如何解釋我們是怎麼遇到的？有人會相信嗎？

可是如果我們的相遇——或者你要說撞邪也可以——能夠成為「你的」故事，我想我會更開心的。

每個寫作的人都有一些不為人知，或不可言喻的遭遇，最後只能寫進自己的故事裡。我們認識那一晚，在你進包廂之前，我就已經默默站在角落裡看著他們歡鬧了好一會兒了。這種事我常做——不只是我，大家都這樣做——也是人家教我的，否則時間就太難打發了。多半的時候，包廂裡的人根本不會發現我們，沒想到卻被你識破了。

就像他們說的，凡事都有第一次吧？更讓我意外的是，你竟然立刻認出我是誰，我想這也是冥冥之中的安排。

碰到我之前，你知道自己有這種能力嗎？

我在這裡還跟哪些人相遇過，發生過什麼樣的遭遇，這個我可不能告訴你。因為那是屬於「我的」故事。

那就，最後一個問題吧！

是，你記得的沒錯，當年對外的說法——報紙上是說我一個人在KTV包廂裡突然心肌梗塞，發現的時候已經來不及了。好吧，我們已經聊了這麼多，我想也不用瞞你。生前我沒有秘密，死後我的出版社發佈了這樣的消息，不在我的掌控也是沒辦法的事，不如就對你做個更正釐清。好歹這樣也算走得坦然。

我那天不知道在想什麼，帶著一瓶安眠藥，一個人跑來KTV，點了酒，看著一首一首老歌播放，想到了太多過去的種種，突然那個當下覺得心裡的某種鬱結一下子打開了，覺得一切都沒有什麼好留戀的，有一種樂透開獎後發現自己沒有中獎的感覺，然後告訴自己，人生也不過是一張彩券而已，留戀什麼呢？

該寫的，能寫的，都已經寫完了。愛過的，愛不到的，也都結束了。剩一個人在世上也沒啥牽掛，多出的只有疲憊與厭倦，還有再也不能逆轉的衰老容顏與身軀。說穿了，今天的你和二十或三十年前的你，早就不是同一個人了。

過去的那些你早就一個個死去，大多數的人對已經死過好幾次的自己並不自知，或者說根本不在乎，卻只對肉身的衰老這麼恐懼，我是覺得還滿荒謬的。

你不必為我難過。我不知道還得在這座KTV大樓裡待多久，這是我覺得唯一比較遺憾的。我期待的是下一個階段——他們告訴我會有的——而不是跟活著時候一樣，困在同樣的一成不變中，卻仍跟自己催眠說這就是平安幸福。

等你有完成的作品，我會很樂意拜讀，只要你還能在這裡找得到我的話。萬一找不到，你反而應該為我慶幸，因為那表示，那時候我也許已經在下一個階段了。

記著，所有的尋常之下都埋藏了太多的不尋常。而我們以為太不尋常的，往往只是自己太缺乏想像力。

加油了。

Good night。Good Luck。

意識因為受到了驚嚇而難免破碎混亂。他只記得用力甩開了那人的手，衝到點歌機器前迅速找出了那首陳奕迅的歌，按下插播之後，他還惡謔地用綜藝節目主持人的口吻報幕：「接下來請我們的盈淚歌后為我們帶來一首〈想哭〉，大家掌聲歡迎——」一轉身，擺出介紹歌者出場的手勢，發現人已經不在位子上了。就在他點歌的時候人已經溜了。他這才感覺到全場出現了一陣靜默，大家的目光都集中在他身上。

「吼！剛才那傢伙……」他還不察發生了什麼事，想要為自己打圓場：「是誰帶來的怪咖？我一個晚上快被他搞瘋了……」

「哪個傢伙？」阿胖問。

「一個劉海中間有一撮白頭髮，臉方方的，剛才跟我坐在那裡——」

「有事嗎？」Kevin雖然在笑，但神色顯得十分緊張。

音樂還在播放著，但感覺上那聲音非常遙遠。

「你不要嚇我們。」小黑說。

大家都隔著距離不靠近，像是圍起了一個柵欄。他不知所措，向角落沙發區的麥可投注求救的眼光。

成了眾望所歸的麥可，先是看看四周的人，然後又跟身邊的人交頭接耳了一陣。男子這才發現，在麥可身邊的人是小林。他開始感到記憶有些錯亂，明明小林已經離開了不是嗎？

麥可慢慢起身走近他，把臉溫柔地貼近了他的耳畔，雖然壓低了的音量，但男子仍聽得出那聲音裡的微顫：「你今天晚上進來沒多久，就開始一直自言自語，我們都以為你喝醉了。直到你剛才突然跳起來，莫名其妙就急著衝過去要點歌……」

「怎麼會……明明我還……」

還吻過他，他想說。

一定是他們聯手故意騙他的！明明有一個人與他說了一晚上的話，如果不是颱風夜的話，他們可能已經回到他的住處。那個人額前飄垂的一綹白髮還如此清晰地在他眼前晃動。他還記得那人身上的氣味……他踉蹌奔出了包廂，站在甬道上，驚惶地開始巡視著走動來往的人。

然後他看見，甬道盡頭的某扇包廂門開了，走出了兩個眼熟的身影。其中一個就是被眾口否認今晚有出現過的傢伙，但是另外那個為什麼似曾相識，讓他微愣了幾秒。當終於會意過來，他幾乎要驚聲尖叫。

那是比現在又多了些年歲的自己。

不再健身不再時髦，帶著明顯的叔味，與方臉男站在包廂門口與裡面的人揮手道別，然後兩人一起笑嘻嘻離去。

而他則被遺留在這個會依然繼續下去的人生裡，一個再也無法超生的平行時空。

男子孤零零站在那兒，不知究竟該為那個未來不再是單身的自己高興，還是要為當下已被未來拋棄的自己哭泣。

掉進湯裡的男人

一九九七年二月

收錄於《情人上菜》（一九九七，已絕版）

我知道，你們一定以為我精神不太正常。這也難怪，我已經有幾天沒有回家了，沒有換衣服，沒有刮鬍子，沒有洗澡。但是警察先生，你們一定要聽我把話說完。

我怎麼會精神不正常呢？我知道今天是十二月二十五號，有人稱這天為行憲紀念日，但是多半的人認為是耶誕節而歡喜地慶祝。我是不過耶誕節的，但是我本來也預定有一個小小的派對來慶祝這個日子，但是現在什麼也沒有了。

慶祝什麼？噢，十二月二十五號本來應該是我的結婚一週年紀念。

我在一年前的耶誕夜，也就是過十二點鐘響的那一刻，向我的女朋友求婚，然後就在許多朋友的祝福下簡單完成了婚禮。

對，就在同一天晚上。這有什麼不對嗎？我不相信訂婚，時間愈久愈容易生變。我也不喜歡鋪張的婚禮，一大堆人吃喝一頓。只要兩個人相愛，婚禮其實就是他們自己的事。

我和藍交往了六個月，去年二十四號晚上下了班，我接她到一個朋友家，和一群很熟的朋友吃晚飯。我還記得我們特別去遠企買了一瓶法國葡萄酒，一些起司和餅乾。我們的朋友老徐他喜歡爵士、葡萄酒、藝術品海報那一類的東西，我猜你可以想像，這樣子的人在台北還真不少。

不不不，不要通知他。我不確定他還是不是我的朋友了。我在一個月以前曾經企圖告訴他我心裡的話，但是他的反應是我工作太累了，我應該去看個醫生——

也許該看醫生的是他們、他們——我是指，那天晚上參加了我的婚禮的那些人。他們和藍，我不曉得，他們似乎知道一些我不知道的事。

說來也奇怪，我和藍在夏天認識的，感情一直穩定，但是並沒有認真考慮過結婚的問題。我不是一個喜歡交際的人，生活圈不大，認識了藍我們的共同朋友才增加了起來。老徐年紀比我們大一點，他原本是我上個工作的同事，藍是他後來新的辦公室助理。老徐還沒結婚，他總以我與藍的媒人自居。但是我一直不明白，像藍這麼好的女孩子，他怎麼不自己去追呢？

後來我想他大概是同性戀吧。這些人也好像愈來愈多了。但是很難分辨對不對？他們臉上並沒有刻字。

我不是懷疑他和我老婆之間有什麼。這不是我離家出走的原因，如果只是這樣，事情反而簡單了。你要繼續聽下去，因為情形比這個複雜得多。

那天晚上除了老徐，還有一對夫婦詹姆斯和裘蒂，都是本地人，我不曉得為什麼大家都叫他們英文名字。不過的確有一個老外和我們一起，他是清美的朋友，中文說得不錯，他的中文名字好像叫司徒禮什麼的。我不曉得他們兩個是不是在談戀愛，這也是後來我一個猜不透的關鍵。

司徒禮在兩個禮拜前曾打電話給我。我們是朋友沒錯，但是彼此從來沒有打過電話給對方。他想知道，我今年耶誕夜要做什麼，他提議我和他應該去墾丁露營……我覺得他根本胡言亂語。我沒事跟一個老外跑到那麼遠去做什麼？何況第二天就是我的結婚週年——

可是他忽然很嚴肅地問我，難道我真的想和藍一起過這一天？難道我沒有覺得一些事很weird。他用了這個字weird。我突然發現，也許我真的該跟他談談。沒想到他急急忙忙就掛了電話，我再也沒有他的消息。

我根本沒有他的電話，他怎麼弄到我的電話我不曉得。當然我可以跟清美聯絡，但是……但是清美和藍那麼要好……我又該怎麼解釋司徒禮的那通電話？

總之，這幾個就是我婚禮上的見證人。

那一晚，我們大概六點半到了老徐家，本來以為他頂多電話訂了幾個披薩，或是向巷口的川菜小館叫了一些外賣，他這個人平常是不開伙的。有趣的是，我一進門就聞見食物的香味，廚房的瓦斯爐上大大小小的鍋子裡都煮著東西，老徐、清美、和詹姆斯夫婦都穿上了圍裙，已經裡裡外外忙得不亦樂乎。

在這之前，我也不曉得藍會做菜。

詹姆斯一見到藍便說：「該妳表演了。」

我怕藍受窘，連忙說：「我們沒準備材料，只帶了酒和起司——」

「沒關係，」藍說：「看看他們現成有些什麼。」

結果你知道藍那天晚上做了一道什麼菜嗎？白酒蒸蠔湯。味道非常鮮美，出乎我意料之外。當她端出這道菜時，每個人都貪婪地深呼吸。看見一粒粒肥美的蠔肉浸滿了香郁的酒汁，早都流下了口水。就在眾人不約而同地鼓起掌時，我看見藍極其溫柔的目光，朝我這兒照過來。

她對在場的人說了一句我完全沒有心理準備聽到的話。

「為自己所愛的人做湯，是一件非常幸福的事。」

我幾乎掉下眼淚。我單身多年，第一次有人用這樣的方式對我，那種溫暖的感覺讓我像喝醉一般地無法自我控制。我就像盅裡的鮮蠔，吸滿了酒與作料，快樂地等人下箸。

那一刻，我就暗下了決定，藍是我這一生唯一願共度終生的女人。

真的是有點衝動。但是我毫無招架之力。整個晚上美食佳餚、醇酒鮮花，老朋友的自在和情人的溫柔，讓我每一分鐘都在渴望，藍能永遠在我身邊。

當時完全沒有想到，白酒蒸蠔湯不像是隨便捲起袖子進廚房就做得出的一道菜。怎麼那天湊巧廚房裡就有新鮮的生蠔？

我覺得有點被設計了的感覺。不是說藍對我的感情是假的，或是老徐那些人幫著藍安排好這一頓晚餐。他們其實也幫了我一個忙，否則我也許還要過很久很久才有向藍求婚的勇氣。

我說我被設計了，是因為那道蠔湯。

婚後我幾次要求藍再做一次白酒蒸蠔湯，不料都被她拒絕。她的理由是，要保持我對這道菜最完美的印象。一生只有一次的滋味是永遠不能相比的。

那道湯的滋味著實令人難忘。入口一點點的甜美、一點點的辛香，還有那欲醉的氣味……禁不住我再三要求，藍答應我，等我們結婚一週年紀念時，她會再讓我一飽口福。我天天都在等待。

但是除了藍不做蠔湯外，她在婚後也不常下廚，頂多一週煮一次晚飯，平常日三餐就隨便自行解決。兩個人工作都忙，常常加班，各自吃過飯再回家是比較經濟省事的方法，但是我不免有些悵然若失。

「別對現代婚姻的期望太高了。」老徐總是這樣勸我：「婚前的美好印象，婚後多多少少都會改變一些。婚姻本來就是這麼回事，泡沫幻影，讓人想一探究竟。一旦結了婚，還不就是雞毛蒜皮過日子？你難道能說，自己還是婚前同樣一個人嗎？」

起初我還頗能接受這種說法。我想自己也許真的對婚姻心存太多不切實際的想像。儘管和藍每天晚上共處的時間不多，但是有個人和自己坐在一起聽聽音樂、說說話，也的確勝過單身的生活。我每天告訴自己，要調整心態，平平安安就是最大的幸福。

但是結婚四個月以後，有些事開始不大對勁。真的不大對勁。

我向清美透露，藍好像不太喜歡我碰她，是不是她身體不舒服。清美罵我把女人當成性工具。「你知道一個在事業上好不容易有了些成就感的女人，最大的惡夢是什麼嗎？」清美冷笑一聲：「孩子！被孩子、奶瓶、尿布拴在家裡，又成了男人的財產！」

我卻又在這時聽說詹姆斯與裘蒂在期待第一個寶寶的降臨。我特意去向他們請教，怎麼樣雙方才能達成這種共識？結果沒想到詹姆斯竟然回說，我們是不一樣的。

「怎麼不一樣呢?」我問:「大家都是在外工作,都是小家庭,都是三十好幾快四十的人,有個孩子不是讓婚姻生活更踏實嗎?」

「小藍也許有一些自己的想法,」裘蒂面露幸福的微笑,用手摩挲著微隆的小腹,一邊跟我說話,一邊與詹姆斯交換了一個深情的微笑:

「等時間到了,她會告訴你的,先不要急。你們才剛結婚,再多適應一下。你們和我們是不一樣的。」

好吧,我跟自己說,我大概真的太心急了。女人確實比我想像中複雜了許多。

藍的工作很忙,我不止一次向老徐抱怨,他就不能少派一些事情給她嗎?

「你自己是個工作狂,別忘了別人還有家庭生活呢!」我用半嘲笑的口吻說道。

「我也有上面的壓力呀!」老徐聳聳肩:「更何況小藍總是不落人後,非常的賣力,有時勸她早點回去她都不聽。明年她大概就要調升了,我不是她永遠的上司,下回你再去跟她的新上司抱怨看看。我們是老朋友了沒關係,別人看起來這可是家務事，不能拿到辦公室來討論的！」

藍後來真的向我發了一頓脾氣，說是覺得非常沒面子，要不是老徐是自己人，這種事在辦公室傳開了，好像她是一個多不賢慧的女人！

藍不賢慧嗎？也不是。她只是常常疏忽了一些事。雖然她每一個禮拜才會做一頓飯，但是常常剩飯舊菜放在冰箱裡忘了扔。一次兩次還不太奇怪，但是後來我注意到，她每一次做過的晚餐，都一定會在冰箱裡放上個五、六天，甚至有的還發出了怪味。

有一天說好大家回家吃晚餐，我下了班早早趕回家裡，竟然看見藍一個人坐在飯廳裡，在吃那些已經放了好幾天的舊菜。

「妳怎麼一個人吃上了？不是待會兒要煮飯嗎？」

「看看有點可惜嘛。」藍慌慌張張地放下筷子：「那我現在就去做新的晚餐。」

「以後就少煮一點，每次都吃不完。」我正要往浴室走去，一回頭不經意瞥見，桌上放著的那道粉蒸肉，好像表面上沾了一層白白的東西。我一開始沒在意，等到要從浴室出來，忽然才會過意，那是生霉呀！我怕藍糊里糊塗連霉都沒發現，趕忙要去再檢查一次那道菜，可是桌面上已經收乾淨了。

「剛才那道粉蒸肉……妳沒碰吧？」我擔心地問道。「好像、好像已經生霉了！」

「我沒碰呀。反正也扔掉了。」藍說。

但是我清、清、楚、楚看到，她的嘴角——她的嘴角不僅沾了粉蒸肉的粉屑，還有就是那白白的、豆腐渣一樣的東西！

我突然什麼話都沒說，默默退出了廚房。

不，我不需要躺下來，我一定要把事情源源本本地說出來。這些事已經在我心裡積壓了快半年了。你們知道我在說什麼嗎？

我不是在發牢騷！

你們難道還聽不出來哪裡不對勁嗎？

我當然還沒說完。只是底下的事情連我都不敢相信。

自從我抱怨過剩菜這件事以後，冰箱裡的盆啊碗啊的確少了許多。但是事情並沒有結束。

有一天夜裡，我不知為什麼突然睡得好好地醒了過來。我這個人向來是一覺到天亮的。我發現藍不在床上，下意識地，我躡手躡足走出臥房，看見廚房裡亮著抽油煙機的一盞小燈，我心想藍有事瞞著我。

還沒走近，我突然就聞見一股餿酸的腐味！我的背脊發涼，好不容易才讓自己鎮定下來，慢慢捱近門邊。

藍背對著我，但是我仍看得出她在吃東西。

流理台上放了幾支塑膠袋，裡頭裝了已經腐敗的菜肉米飯，但是藍卻拎著其中一袋在狼吞虎嚥。

我抑制著自己反胃的衝動，想起來司徒禮幾天前的那通神祕電話，我到這一刻才明白，他所謂的weird指的是什麼。也許他也看到一些什麼怪事，但是我相信他絕對沒看見清美在大啖臭爛的餿食！

司徒禮是不是失蹤了？因為他們發現他已經知道了些什麼？

他們？

我的腦袋轟然一響。我發現除了藍和清美，一定還有其他的人，披著與常人無異的外衣生活在我的四周。老徐也是嗎？難道這就是為何詹姆斯與裘蒂會說：「我們是不一樣的。」

他們是誰呢？

就在這時，我聽見藍在咳嗽，好像被什麼東西噎到了，我好不忍心，但是我又不能這時候貿然出現……藍子發出了呼吸困難的喘息，接著她轉成了乾嘔。一聲又一聲，她努力地想嘔出哽在喉中的東西，她的身軀開始劇烈抽搐，我握緊了拳頭，眼看她痛苦地跌坐在了瓷磚地上而束手無策。

她現在是側面對著我，我非常擔心會被她發現。她用手撫著胃，張大了口，發出了野獸般的乾嚎。

然後，有東西從她口裡墜了出來。

在瓷磚地上，開始出現了一顆顆柔軟的、灰白的、活生生去了殼的生蠔！下一刻我肯定失去了知覺。再睜開眼，已經是第二天清晨，是惡夢嗎？我問自己。

藍不知去向。我沒有去上班，也沒再回家。

警察先生，我說的都是真話。不，我不餓。我可以要一杯水嗎？

吃了生蠔湯以後，你就身不由己了。一定不只有我，你們一定得去調查這件事……你們笑什麼？有什麼好笑的？

為什麼你們不相信我？

等待的女人

收錄於《希望你可以這樣愛我》（一九九七，已絕版）

原名〈可以這樣愛我嗎？〉

羅薇的首次攝影展是在一棟施工中的大樓內舉行的。建設公司因為財務糾紛遲遲未能交屋，一座水泥恐龍孤單地成日站在寸土寸金的台北市中心，羅薇每天經過都要駐足向牠行注目禮。

十層大樓一扇扇窗口都還只是混凝土牆上挖出的洞，沒有窗框，沒有玻璃。羅薇一回爬上了頂層，站在窗洞邊朝下望，感覺自己的生命也是如此不整全，像這座永遠完工不了的建築，當初設計師的夢想與期待，現在彷彿已註定是空。

那就拿我的照片來填補一下這兒的空洞吧，羅薇心想。也許有一天，這座半廢半興的建築會成為台北許許多多邊緣藝術人的家，一種新的座標，因為未完成，所以才有空間去接納。

羅薇的作品展出後令藝評家震驚。

掛在一面面彷彿水泥都還未乾壁牆上的，全部都是她的自拍照。影中的她幾乎都是全裸的，有的在胸前綁上禮品似的大緞帶花，有的頭上裝飾了白絨絨的兔子耳朵，有一幅甚至在口中含啣了陽具模型。

系列命名為，等待的女人。

羅薇靠著為幾家時尚雜誌攝影養活自己，專拍那些瘦扁如柴的女人穿上各家名牌服飾。模特兒們努力地在開麥拉前擺出各種姿勢，但是她們的眼神卻都是如此的空洞。她們的身體可以做各種角度的扭曲，但是羅薇從她的鏡頭看出去，她們注視的目標都是一致的。

總希望有某個男人在看著自己。

這樣的假想，令那些搔首弄姿的女人期待卻又不安。現場並沒有這樣的男人，所以她們的目光總是模糊無依。每次版面打樣出來，羅薇看見畫面上的女人搜索的目光都溢出了紙張，在翻頁的手指間流失。不知從哪個年代起，女人早都忘記了狩獵的眼神，無力讓自己的慾望對焦，只剩下這樣無助的召喚。

首次個展大膽地挑釁了男性目光，也嘲弄了同類永遠活在男性注視下的缺乏自覺。展覽還在進行，羅薇已忍不住開始思索，自己接下來該嘗試什麼樣的主題。

在她住家大樓對街的收費停車位，總有那一輛雪白的TOYOTA，在她起床前已停妥，下班時間前會離去。她決定要看看車的主人，於是那個大清早，她提前了兩個小時出門，去展場前先完成了隔著馬路窺察車主的任務。

原來是個中年已微微發福的男人。羅薇起初很失望，但是看見對方臉上平板無趣的表情，她突然有了一個讓自己都要笑出來的主意。

在中年男人停好車離去之後，羅薇在他車窗的雨刷上夾了一則留言：

「每天都在等你，我是一個期待愛的女人。

明天傍晚六點，請到國父紀念館光復南路大門，

我認得你，該是你認得我的時候。」

在展覽會場的這名男子，已經是第三次出現了。

是專程來看某一幅的嗎？會是藝術品買家嗎？看那年紀不像……羅薇與他交換了一個微笑，並不擔心對方認出她就是畫面中的女子。甚至當他注視著相片中自己的裸身時，羅薇感覺到一絲靈光如電流竄動起來。

男子理著短短的平頭，高挺的鼻樑上架著一副銀框眼鏡。他喜歡蔴紗質料的襯衫，顯然瞭解自己𩬊長的體型適合這樣休閒的裝扮。

傍晚的空樓，氣流沉悶。男子的背上漬著汗，沁過了白蔴紗，羅薇可以看見他背脊中央陷下的部分，那微帶泥土色的肌膚若隱若現。

羅薇穿了件破舊的男用夾克，頭髮用橡皮筋一繫，帶了她的相機來到指定的地點。她在臨近的速食店找著一個靠窗的座位，視線正好鎖定對方可能出現的方向。約莫是六點過十分（竟然敢遲到！）那輛白色轎車果真前來赴約。

羅薇拿出相機，換上長鏡頭，從窗裡瞄準了窗外那個不知道自己已被偷窺，光憑了一個不知名女子留言便躊躇滿志的對街男子。

中年男子竟然還為此新理了頭髮。

羅薇按下第一張快門。男子的眼睛裡閃爍著期待。然後羅薇以持續的速度，拍下了男子赴約的整個過程。

這樣一個準時上下班的男人，對這個盲目的約會是抱著相當高的興趣的。

當羅薇注意到他四下搜巡可能的留言女子時，竟有一些些的靦腆和不知所措。他顯然也在懷疑，對方正在觀察自己，等待適當時機現身。

羅薇猜他或許已婚。靠在車門上的他，不太習慣路人的目光，尤其是他的手中還捻了一支玫瑰花。他開始意識到自己作出這樣欠深思的事，並不符合他的身分與年齡。

男人原來也是努力在扮演別人分配給自己的角色。羅薇企圖把焦距再調近些，好捕捉他臉上的細微表情。這個男人並無能力為自己編寫腳本，仍在東張西望的他，不能像女人一樣掏出粉盒來補妝與檢視自己的容顏。他只能單調地站在原地。

十五分鐘過去了，男人開始頻頻看錶。

二十分鐘。

三十分鐘。

男人臉上開始露出了不耐和焦慮。間中有大概長達三分鐘，他曾陷入了空白，眼睛瞪著前方，腦裡在想著其他的事，面無表情地打發了一些時間。當他回過神來，他趕緊伸了個懶腰。

開始有一些憤怒了，他面部線條緊繃，不友善地對所有路人的好奇反目相向。

你是一個可悲的男人，羅薇開始同對街人影說話。你以為今天是上天賜福的一樁豔遇，你以為一朵玫瑰花就代表了浪漫。當期待中的陌生女子出現時，她會毫不考慮地投向你的懷抱。

這就是男人給予女人的全部，羅薇之前就已經預料到這樣的發展。男人不必害怕等會兒出現的究竟是一個醜八怪，還是一個老太婆。他們總是大剌剌地來，無所謂地走。他們甚至事前都不用花太多時間揣測幻想，什麼樣的女人膽敢做出這樣的事。

反過來自己會怎麼做呢？羅薇知道身為女人，她會疑慮，她會害怕，她會想逃，她會想哭——這是一個不敢當面自我介紹的男人，他對自己的興趣隨時可以像撲克牌一樣翻面。

羅薇繼續拍下了男人失落的表情。困惑的表情。疲憊的表情。甚至他還出現了一點苦巴巴求助的味道。

我該出現嗎？羅薇一度不忍。將心比心，她沒有預料到他會等了五十分鐘還不離去。

可是自己這樣邋遢地出現，恐怕只會加劇他的失望。這時候沒有答案可能是最好的答案。但是，如果這時出現的是一位窈窕多姿的美女，他是不是會立刻精神百倍起來？

過程對男人來說不重要，有結果便勝於一切。女人怎麼得來的並不重要，可以用搶，可以用買，可以用騙。等待只是一種手段，並不是一種心情。

女人在等待的時候，繼續愛著對方。男人多數則開始檢討自己的愛。

對街的男人朝地下啐了一口，並擲棄了手中的玫瑰。羅薇發現自己相機裡還剩下最後一張底片，於是準備捕捉他重新坐入車內前最後一個表情。

男人開車門動作到一半，突然整個人僵住了。

羅薇立刻放下相機，她知道他已經懂得了些什麼。

男人猛地轉過身，直直望進速食店裡。他一個一個臉孔瞄過去，羅薇心跳得好急。

雖然沒有具體證據，但是男人已經強烈意識到這可能是一場設計好的惡作劇。他放棄了速食店的現場，變得慌張起來，在街道上跑來跑去，企圖發現任何形跡可疑的人犯。

羅薇錯失了男人最後的鏡頭。那是一張帶著驚恐，對整座城市都充滿了敵意的表情。

連夜洗出了那對街男子的影像，羅薇將它們用夾子在繩索上吊成一串，面對面坐著注視了一晚。

如此真實，真實到像排練過一樣準確，男人的每個表情都充滿了戲劇性，彷彿從開始他就知道鏡頭的存在，於是賣力地表演。

原來等待中的我們，有著這樣豐富的表情。羅薇這樣沉吟思索著。那是一個我們永遠見不到的自己。

羅薇將洗好的照片裝進一只大牛皮紙袋，等待第二天一早那輛白色轎車停在同樣位子，她便可將這組攝影原樣夾在雨刷上送給當事人。

羅薇沒有想到，白色轎車再也沒有出現過。

男人將車停到了一個她再也找不到的地方。不是每個人都可以接受等待的結局。也許那個男人這一輩子都要活在那天傍晚帶來的夢魘裡。

作愛之後，男子拾起地上的白蔴紗襯衫重新穿上，發現了不小心被他踢到床腳下的那組黑白照片。

他暫時忘了繫鈕，晾著胸膛，就著窗口的路燈燈光一張張瀏覽起來。然後他轉過身對著在床上裹著床單的羅薇笑了起來。

笑什麼？

妳是不是也幫我拍了一組？

羅薇把那天的經過向男子簡單重述了一遍。

為什麼要這樣作弄一個無辜的傢伙？

沒有作弄的意思——我本來想把洗出來的照片送給他。很多人並不曉得，他們本身也可以成為一件藝術。

不是每個人都希望暴露在鏡頭前呀。

你是說，我有暴露狂囉？

不是啦。色情狂可能有一點，暴露狂倒未必。

他們當夜又溫存了一次。男子背上那陷落溝脊的部分，羅薇吻了又吻。當她繼續沿了腰椎一路親吻，快達到男子臀部的時候，對方一個翻身制止了她。

不可以。

男子歉意地笑了笑，又道：我好奇，妳好像不知道世界上很多事有一道最後的界線，不可以越過去的——

傷風敗俗嗎？

太原始的東西會讓人害怕的。

為什麼要怕呢？羅薇心想：當他在看我展出的那些照片時，並沒有一點不自在，不是嗎？難道女人在等待狀態中，才讓男人覺得是馴服安全的？

還有，妳那些讓人不安的作品——算了，我不說你也明白。這樣子妳會活得很辛苦的！

可是男子並不打算停留。當他終於又把白蔴紗襯衫穿好，臨走時想起了什麼，鄭重地要羅薇保證，他不會收到類似的被偷拍的照片。

你會期待我嗎？會想起我嗎？如果不會，那你有什麼值得拍的?!

男子有些動容了：妳要什麼？

我要你——羅薇儘量不讓自己情緒波動，卻發現吐出的這三個字讓她無端感到心虛：——成為我下一次攝影展的主題，來當我的模特兒。我會等你的答案。

等待一點也不美麗——男子嘆了一口氣：我怎樣才能讓妳明白？

停工的樓層如廢墟，出入沒有管制，只雇了一位女工讀生坐鎮展場。事情發生的當下，羅薇記得那女孩尖叫的音量在空間中激盪出巨大迴音。身材矮小的陌生男子丟下還滴著紅漆的保特瓶，逃逸前對羅薇不忘猥瑣地齜牙，羅薇很鎮定，會有這樣的變態被她的作品挑起厭女惡意，並非完全出乎意料。只是不該在那時腦裡又閃過了那句：這樣子你會很辛苦的……

遭破壞的作品中的那個她，包著浴巾，還在對著自己嘟嘴。紅漆正好噴在她大腿部位，染紅的浴巾讓原本諧擬的幽默登時便成了社會版的真實。

羅薇忍住被羞辱的椎心，撿起地上的空瓶，用剩下的漆料朝自己的作品再補上一筆。

接下來的兩個月，羅薇又跟另位三個不同的男子上了床，每一個都讓白蔴紗衫的男子在記憶中又遙遠了一點。

她突然對自己的生活厭倦極了，暫停了下一個系列的計劃，不再旅遊，不再跟陌生男子聊天。某家合作多年的雜誌社請她去上班，不用再跟那些模特兒一起工作，她的名片現在寫的是視覺效果主任。沒多久她便成為了一個標準的、朝九晚五的上班族。

直到有一天，她忽然接到一包沒有署名的照片。

照片中的人是她自己。

她在等車。

她在過馬路。

她在點香菸。

她在——

還沒看到最後一張，她便將這包東西丟進了垃圾桶裡。主任有愛慕者喲！一旁的年輕女助理邊說邊偷瞄她的反應，最後只得自討沒趣轉身退下。

為什麼會用那樣大驚小怪的語調？難道連什麼是惡意、什麼是愛慕、都無法分辨嗎？

羅薇壓抑著惱怒，正準備拿起紅筆在助理送來的圖樣上做記號，不料那幅被潑漆的作品又浮現在她眼前。

沉思了片刻，羅薇突然被某個令人不安的想法擊中，急急從工作檯前起身。重拾回那一包照片，回到位子上，她開始一張張抽出，端詳。終於從其中一張的背景玻璃窗反影裡，找到了模糊的一抹線索，舉著相機的男子不知是有意還是無心，也讓自己入了鏡。

原以為，她已不復記得他的長相。沒想到即使是一團霧影，羅薇仍能心痛地指認。

為何之前她從沒有懷疑過，男子數次來看她的展出，並非由於業餘的喜好？這是在模仿，還是在嘲弄，她原本計劃中的下一個主題？難道他會將她的系列據為己有？除了對她隱瞞了從事的職業，他還有其他什麼沒說的？

竟然到這一刻她才發現，自己失去的，不只是等待的資格而已。

女屋

二〇一二年十一月

收錄於《九歌一〇一年小說選》

走出捷運站，傍晚的台北街頭其實與地面底下的人潮擁擠並無二致。明明應該重見天日的，卻感覺四面黑壓壓，整個城市就像是疊了又疊的走道電梯商店櫥窗，不過是從一層樓爬進了另一層，在一座永遠繞不出去的轉運站裡，人們不停地茫然走動著。

這念頭讓人覺得分外疲憊，索性在出口階梯旁站定，盲目地注視起彷彿流離失所中的人潮。比預定時間早到了。我不知道該如何打發這多餘出來的三十分鐘。

瞄見對街一座新起的住宅大樓，二十來層幾乎全黑。記得當初預售推出便開出紅盤銷售一空，如今落成，似乎真正入住的屋主不多，才會在本應華燈初上的時分，全靠著大樓本身特殊投照的外觀燈光撐場面，否則這棟每坪售價不菲的美廈，看上去無異於黯然的水泥巨碑。

難道是，住戶們都還在馬路人潮中徘徊，或在餐廳中排隊候桌？

這些年，這種怪現象看多了。擁有近百萬一坪的新居，卻仍在外面蹉跎遲歸的大有人在。工作慣性使然，走過這些造型氣派、飯店式管理的新成樓宅，我總要抬頭望向那一扇扇黑空的窗戶，暗忖著還有多少這樣的新成屋仍待室內設計的加持？趁著這一波房市景氣，我還能有幾年的好運？

下午原本的行程，是帶木工去看那間剛談好的裝潢案子，位在萬華區一棟都更後的新落成大廈。

遇上奢侈稅課徵上路，屋主想買來投資用的現在不能轉手，只好裝潢自用，說是這樣南部父母可以常上台北有個落腳處。

這種說法聽聽就好。被奢侈稅上路卡到，兩年內暫不能脫手的炒房客，成了我最新的衣食父母。原本不必投資任何裝潢費，立刻轉售就有得賺的好康沒了，這些炒房客多半就會動起腦筋，想藉裝潢費來抬高未來可能的售價。感謝奢侈稅，這半年來我的案子明顯成長三成。

入行五年，雖沒打出什麼設計工作室的響亮名號，至少還可養活自己，每年還能出國度度假，順便抄回一些設計好點子。每一間屋子的裝潢圖對我來說，全靠摸索著屋主的心眼繪製，這成了我最重要生存之道。

屋主當初會聽信售屋人員（一趴抽成）的推薦，找上我這個連一間個人風格化辦公室都無的「室內設計師」，不外乎兩種可能：因為自己早有一番主見想法，我的任務無非只是施工；要不就是對裝潢一事極為外行，我只要拿出我的平板電腦，讓他們看看其實很簡單就可以畫出的３Ｄ透視圖，他們多半就會相信我的專業，不懂得圖中的隔間擺設通常就是幾種公式化的排列組合。

我自己都驚訝，五年來沒有客戶發現，我並非室內設計科班出身。

經濟系畢業，原在某資策研究中心擔任助理，拜房價大漲之賜，大家都急如熱鍋螞蟻買屋賣屋換屋，獲利了結追價看漲改建拉皮，讓我在這場炒房熱潮中，憑著一部電腦，一對搭檔的土木老師傅與電工，（另外，還有我不願再提的，時任於房屋代銷廣告公司的初戀女友。）在惡補參考了十餘種國內外設計雜誌後硬著頭皮上陣，竟也轉業成功。

跟客戶周旋時，最重要的，是如何聽懂他們的如意算盤。

譬如，他們都會強調裝潢後的住宅是自用，怕我看穿其實想要出租，擔心我因此拉高費用。可是三間臥室都要做書桌和衣櫃？這八成要拿來雅房分租。浴室改裝免治馬桶？那鎖定的租客鐵定是日本人，他們對廁所可是出了名的挑剔。

*

今天這個萬華案的屋主是個四十歲女性，能搞定她這樁生意，我本來一直還頗得意。大建商大坪數，難得的案子，將來可把完工成品po上我正在架設中的網站當作廣告。

四點到了那裡，原計六點離開，然後六點半與暱稱「花兒」的女大生網友見面，時間算得恰好。沒想到事情出現變化，害我已在街頭晃盪了快一個多鐘頭。

被擺了一道，現在回想起來，只能怪自己太胸有成竹。

裝潢新屋，說是為方便南部父母北上，我壓根就沒有信過她的說法。老父老母需要掛運動腳踏車的車架？套房臥室內需要把浴廁隔牆打掉，換成出浴風光可一覽無遺的大玻璃？她的退休父母會不會也太懂生活情趣了？

那時候就應該懷疑了。

但，我的職業道德就是，不多嘴別多問。

但，每一張裝潢圖的完成過程裡，我都會非常善解人意地，為他們真正的生活需求，添設貼心規劃。我默默觀察，耐心聆聽，為什麼四十歲熟男總有同性好友同行加入討論，而不是嬌妻或女伴？推著娃娃車的少婦，為何開口必稱我先生這樣那樣，卻從未見過其人？

會心的我，於是在前者的設計圖中，刻意不留全家人圍坐用餐的空間，藉此對他不會走入世俗認定的婚姻，表現出我的理解與見怪不怪。而在後者的設計圖中，則將一般客廳內才見到的視聽櫃移往臥室，對於也許不能朝朝暮暮的兩人，約會時或許需要更大私密空間與視聽情趣助陣，他們不必明說。

我總能夠預見，到時候他們眼中的喜出望外。他們的面子顧全了，我的開價也得以順利過關，彼此心照不宣，互惠雙贏。

當然，我也有不太誠實的時候。

見過太多客戶，興奮地在新落成的空屋裡對我比劃著，說哪裡要打掉一面牆，哪裡要裝一排櫃子時，完全不會考慮實際在那空間中生活的情景。要等他們入住一段時間後才會發現，視覺的舒適與居住的方便，完全是兩回事。屆時他們才會知道，原來花了哪些冤枉錢。

想像著小兩口一起喝茶看夜景的陽台，鋪了檜木地板，掛了進口的垂燈，到頭來一年卻沒用上幾次。台北不是酷熱就是濕雨，不濕不冷也難保不會空氣品質太差。更不用說，小兩口早出晚歸，天天加班。其實陽台大可推出去，安放一個小書桌，因為老公最希望夜裡能躲進自己的空間偷偷上網，看看十八禁的色情網站；要不，就搭出一個洗衣間，因為老婆會發現，自己其實很需要一座不美觀但實用的大型洗衣烘乾機。

在真實的柴米油鹽展開之前，聽他們說著對未來起居生活的浪漫想像，教我這個得替他們依樣實現的外人，一面忍不住在心底偷偷搖頭，一面卻也難免竊喜。

我得再三警告自己，絕不可以佛心提醒他們，實用為上的教訓。那些將來會讓他們後悔、但眼下卻得意不已的巧思，不才正是我的利潤所在？

沒料到，下午來到了康定路上那間某大集團興建的樓宅時，竟然發現女屋主正陪著房屋仲介在屋裡參觀。

她不住跟我道歉，她的資金在股市被套牢了，如今不得不售屋換現。我聽了先是腦袋裡一轟，但下一秒悟出了道理，開始心裡暗自冷笑。

她絕非玩股票那種人，從她跟我訂約時的小心翼翼就可看出，她對商業遊戲並不在行。

反正合約訂在那裡，違約的損失她得自己承擔。只是想當初，我對這個案子多麼信心十足……沒錯，我本可一副買賣不成仁義在的輕鬆，走出她那間從預售到交屋到轉手，不過一年半時間就幸福破滅的城堡。

她從未提過是否曾有過婚姻，但要說目前是單身，我恐怕也不會相信。既非商場上打滾的豔妝熟女一型，亦非黃臉棄婦，什麼都跟你斤斤計較那種菜籃族。我會說，她彷彿還帶著一點涉世未深的味道，挺有禮貌。依我的閱人經驗，這種女人不是在大學教書，就是家裡有點底子。

事後想來多麼後悔，我幹嘛在電梯口突然轉身，對她說了那句：我知道妳沒有玩股票。

她當場變了臉，眼眶裡隨見豆大水珠滾動，彷彿一不注意，那張臉會因淚崩而如裂牆碎垮掉似的。

而我見狀不得不吞下了後面半句……是因為男朋友吧？

*

如果有任何女人以為，因為我的工作是室內設計，我一定就會把自己的小窩佈置得極有品味或情調，那她可要大失所望。誰說，室內設計師一定喜歡拿自己住的地方當樣品屋？

我的住處不過是間十二坪大的小套房。住了五年，吃喝拉撒需求滿足了，也懶得再搬。如果被客戶發現，我都在早上九點走到巷口的平價連鎖咖啡店，找張角落的桌子插上電腦開始工作，他們會不會大吃一驚？

我後來再也不帶女性回我自己的小窩。

我所謂的後來，就是幹了室內設計這行之後的後來。我一直在摸索著工作與生活中間的那條線，它們彼此到底應該是互補？還是最好壁壘分明？尤其，當我的工作無非也在向情侶或夫妻販售一個假象，那就是「一間新居的裝潢是兩人關係的起步」，我豈能不格外小心，掉進了自己的謊言？

曾跟一位房屋銷售員開玩笑說，想把男女朋友的關係搞定，沒事就要常常去逛像IKEA那樣的地方。最好男生那天還穿上一件洗過多次、舒適但倒還不至於顯得破舊的名牌運動衫如Polo、Nautica，女生則要聞起來像剛剛走出浴室那樣清新，頭髮都最好是剛洗完半乾不乾，然後兩人在一間間擺設齊全的樣品客廳臥室飯廳中牽手流連，讓商品型錄畫刊copy下來的模擬居室，激發對擁有另一個人的亢奮想像。

不，根本不需要自己動腦去想像，只要照著模型樣品的指示繼續走就好——如果你還相信愛情的話。

四十歲終於有了愛情的女人，多的是願意掏出積蓄放手一搏的賭徒。

違約的女屋主，儘管她的裝扮始終中規中矩，但是仍透露出企圖逆轉歲月的心機。仿東洋妹的挑染金髮，Uniqlo的帽T，低腰的七分牛仔褲，這些我全看在眼底。

如果要我進一步猜測，愛上的極可能還是一個比她年紀輕的男人。

曾經與比自己年長熟女交往長達五年，我總能嗅到她們肌膚毛孔微微汗蒸出的費洛蒙。如同一個憂鬱症病患，很快會在同屋子的一堆人中，發覺另一個同病相憐者；或是一個老菸槍，從另外一人掏摸口袋的方式，不難立刻猜想得到，對方正為遍尋打火機不著而感到不耐。世俗的男女養成過程，讓我們很早就被制約，對超出年紀範圍的異性略而不視。但初次見面時，匆匆打量彼此的神情中，那多出的一兩秒目光的滯留，便已洩露了我們的感情頻率波長。那發生過的，或正在發生中的戀情。

她讓我又想起了某人。

剛成為那家頗有知名度的房屋推案廣告公司的新進員工時，我喊她：「佳玲姐。」一年後，佳玲姐成了Jennifer。隨著稱呼的改變，她為我一手規劃出兩人聯手的售屋後裝潢服務；當激放的肉體關係慢慢降溫，她開始耐心地計畫著我們共同未來的樣子。只是至今我仍不理解，究竟是我始終長不大，成不了她期望中的男人？還是我的成熟太快速，讓我失控，變得越來越無從適應人生中過多的設計與安排？

而對方滯留的目光，又是想在我身上尋找什麼呢？

或許，是她小男友過去的影子吧？小男友會長大，會開始要有自己的事業，會開始想玩股票，會不耐煩像同齡男生一樣還在蹲一個月兩萬八的工作，會漸漸不願再公開承認自己女友竟比自己年長十歲——

那我就先告辭了……保重！

在與她相視無語十秒後，我擠出一個自己都不知道算是同情，還是看起來是為她加油打氣的尷尬微笑。

做為一名室內設計師，我仍然在學習的一件事就是，不要介入客戶的生活。

儘管，你可能在設想他們所需要的空間時，無意間已經知道了太多的秘密。

*

美眉說，她的暱稱應該這麼發音來著。

「是花儿，」北京腔捲舌音。父親是台商，在大陸念的小學。她說得理所當然：「因為父親長期不在身邊，所以我喜歡比我年紀大的男人！」

「嗯，那就是我了嘛！」

「你看起來還不錯，是我的菜。」

但是說實話，我還不確定她是不是我的菜。沒關係，這一晚尚早，還有的是時間再多觀察多培養。走出餐廳，我提議可以去唱一下ＫＴＶ。

網路約炮再怎麼方便，我還是有一些起碼的，或說是偏執的篩選標準。譬如，我無法忍受戴著濃密假睫毛的小女生，給人的感覺就像是酒店的小姐。第一次跟這樣一個美眉出來見面，整個晚上我就一直盯著她刷鬃似的濃睫，好似醒獅團的舞獅眨個不停，害我必須一直克制自己伸手去撕掉那對睫毛的衝動。

再者，還住在家裡的，那也免了。算是我的怪癖也未嘗不可，因為陌生的女性臥室總讓我比較來勁，哪怕只是那種學生分租的四坪大小套房。

這個花儿很擅長言語挑逗，但是我卻始終沒有明顯的反應。

不知為何，我一直心神恍惚不定。

「欸，你一直沒跟我說，你到底是做什麼的呀？」

「我是個室內設計師。」

「這樣啊。」美眉興奮地睜大了眼睛：「我對室內設計也超有興趣的耶，小時候我爸買了一個好漂亮的娃娃屋給我，那種按實物比例縮小超精緻的有沒有？小時候我就幻想過長大專門來設計娃娃屋！」

我鬆了一口氣。還以為她真的要來討論Mario Buatta還是Robert Foster。

「妳又是念什麼科系的？」

「ㄘㄢ ㄌㄩˇ。」

「啊？摻什麼鋁？」

「餐飲旅遊啦！白癡喔！」

我彷彿看見她穿著女僕圍裙制服站在自助餐桌旁鞠躬的模樣。

就當她不顧自己的音域極限，與一首當紅的搖滾歌姬暢銷金曲聲嘶奮戰的時候，我口袋中的手機傳來了簡訊鈴聲。

房子我決定不賣了。到了這個年紀，應該懂得捍衛自己擁有的。

很想跟你說聲對不起，我們按原計劃進行，好嗎？p.s. 我的確沒有玩股票

＊

「看什麼簡訊看得那麼開心？」美眉一曲唱罷，往包廂沙發一倒躺平：「天啊你怎麼還在用這種古董機？我以為你們這種社會人士都在用哀鳳了說——」

如果不是她在嚷嚷，我還不會發現，自己嘴角的肌肉正微微被拉扯上揚。明明心裡有點惱的，以為臉上正掛著躊躇的表情：這樣的簡訊該怎麼回？

暫時不要回。

我轉身低頭，朝沙發上的花儿臉頰上突擊一吻。她隨即大方地伸臂過來，用手在我的大腿內側摩挲了一會兒，下一秒又冷不防對著褲襠抓住要害。

「齁——終於有感覺了喔？還以為我今晚被打槍了說……」

如果她沒傳這封簡訊？

如果我回了這封簡訊？

一年前與Jennifer分手後，我獨立門戶接到的第一件案子，是位在三峽的

一個新社區。原本興趣缺缺，想到路途不便，又加上那陣子心情不佳，在電話上跟那位先生起初聊得不甚投機。

講到了一半，電話被轉到了他太太的手裡。

「江先生喔？對不起，我先生他可能沒有把意思說得很清楚。是這樣的，房子才蓋好，但是我先生的公司就要調他去上海了。我決定一起過去。因為你是代銷公司的李小姐介紹的，我也跟她說了這個情形。她說她可以幫我再賣出去，但是我們這個社區裡空屋還不少，當初很多戶也都是買了投資用。所以她建議我把房子裝修一下，會比較好賣一點。⋯我們也是覺得，既然李小姐跟你是朋友，這樣大家都省事，如果有買主希望房子做一些什麼改變，你也許就可以幫忙一併處理了⋯⋯你看這樣好嗎？」

對方有話直說，乾脆俐落，不像她的老公，說得語焉不詳，好像這年頭隨處都會碰上壞人騙子似的，吞吞吐吐不知道到底在防衛什麼。因為客戶不是自住，我接下這個聽起來相對單純的案子，甚至連這對屋主夫婦都不曾打過照面。等他們去了上海，我從Cindy那裡拿了鑰匙便進屋動工。

三個月後，Cindy來電，問我還記不記得三峽那個房子。

我問怎麼了？賣不掉嗎？

「呵，那個太太從上海回來了，又不賣了。」Cindy說。「她問你有沒有時間再幫她看一下？她打算住進去，所以有些地方她需要改變一下設計。」

「媽的——」

「欸，你有一點同情心好不好？你聽不出來嗎？這兩人婚姻鐵定出了問題，太太自己跑回台灣療傷，八成就是這樣。」

我第一時間就想起了那個老公當時跟我在電話上的語氣。我還以為他是對我不信任，所以把話說得兜來轉去。原來他在聲東擊西。說來話去，其實就是不願意老婆跟去上海，故意想用房子的事把她絆在台灣。

我的猜想與事實相距不遠。

過去三年，老公一直長跑上海出差，有了女人。

她跟我說明這個尷尬情況時，態度倒是一貫的坦然大方，與我們最早通話時她給我的印象一致。她不是那麼年輕了，但她選擇離開，選擇重拾婚前的鋼琴教學，重新開始。

我真心為她感到慶幸，房子是寫在她的名下。還好房子還在。鋼琴送進重新隔間的客廳那日，我特地準備了一瓶香檳酒為她慶祝。

雖然我們心裡都清楚，這不是認真的，不過是室內設計與屋主太頻繁的接觸後，很難避免的一時互相取暖。

我為她打造了新生活的庇護，她賦予了我的作品一個美麗而哀愁的故事。我們在這個借來的空間裡，偶爾營造出一點浪漫的惺惺相惜，訴說著彼此感情中的傷痕。我告訴她關於Jennifer的事，以及我怎麼開始做起室內設計。她透露了她與她的男人在捷運上邂逅的愛情故事與對未來的打算。我每天忙完工作便會騎著一台破機車飛奔到遙遠的三峽，不知不覺，自己的私人用品一件件開始留在她的屋子中，沒注意到才沒多時，竟已經可以裝滿一個小旅行箱。

直到那天走進她的客廳，我發現小旅行箱已經整理好放在鋼琴旁，正在等候著我。我看著彷彿被主人遺棄的寵物犬一樣蹲在地上的旅行箱，在心裡默唸著這一點也不意外一點也不意外一點也不意外……但是卻又很不爭氣地佯裝檢查行李箱，避開她的目光遲遲不能抬頭。

她依舊維持著我一向欣賞的直率坦然，彷彿覺得她的人生中，不可能存在著她說不清楚講不明白的事。

「他明天就要回台北來了。他甚至已經辭了工作，要我相信他真的跟那個女人斷了，希望我原諒他。」

我說那很好，妳現在跟他扯平了，妳這幾個月也沒閒著。

話一出口便換來一個清脆的巴掌。

「婊子——臭婊子！」臨走時我狠狠丟下我的結論。

有一種東西叫做職業風險，我想，室內設計這行也不例外。出了那棟集團造鎮硬生生在山坡地上開出的千坪社區大樓，我才想到，我第二次的裝潢費一直沒有跟她開過口，現在也泡湯了。

我明明有自己的窩，但是為什麼卻會被這樣難堪地趕出別人的家門？從三峽騎機車回台北市區足足五十分鐘的路上，我的腦子裡不停閃著同樣的問號。

我想到了那種叫寄居蟹的生物。潮來潮往的沙灘上，牠們的人生便是忙著找尋下一個空屋。

*

花儿很盡責地製造高潮的模擬哼唧，我也專注地掌控著自己抽動的節奏，等到終於聽見自己每射必喊的那聲歐賣尬，我倆同時都感覺如釋重負。她一個轉身跳下床便小碎步跑進浴室裡去，留下我獨自與她的Kitty貓抱枕躺在床上，無聊地打量著她這間被衣服電腦近乎塞滿滿的學生小套房。

翻身取過枕頭旁的手機察看時間，卻不由自主又打開了「已收訊息」，把之前的簡訊又看了一遍。

凌晨一點半。什麼樣的人會在這種時間回覆簡訊呢？

改日再約，希望妳一切都好。

這樣的回覆肯定會讓對方今夜失眠。

按下發送，我不禁對自己的文字天份感到不可思議。

美眉從浴室出來，難掩滿臉驚訝。

我趁她在洗澡的時候，把她的床與電腦桌重新擺放，並發揮了我收納置物的本領，將散落的書籍與衣物放進了不同角落可以騰出的格架，原來擁擠的小房間，頓時多出了一塊小小空地。

「你看，以後這裡可以放個小茶几，吃東西就在這兒吃，哪有人把電腦桌上搞得全是湯汁的？」

說著，順手還把鍵盤旁的保麗龍速食麵空碗丟進了垃圾桶。

即使是再破，再不起眼的殼，寄居蟹都不會不屑一試。我就曾看過一幅攝影作品，一隻倒楣的螃蟹背著一只聚乙烯養樂多空罐，毫不知羞地混在一堆其他有著漂亮貝殼為家的寄居蟹之中。我不知道自己是否還會跟花儿聯絡，她也許會期待，但就算我再也沒了消息，我相信她也一定會記得我——特別是每次坐在小茶几旁的地上吃起泡麵的時候。這就是室內設計師贏過螃蟹之處吧！

「哇大叔，真有你的！」美眉笑嘻嘻地在她的窩裡走了一圈，然後來到床邊坐下。「睡覺吧！」

「我明天一早還有事，回家去睡得比較好，才會有精神。」

「喔。」

花儿的臉上，難得展露了今天晚上首度的懂事表情。

「摳我？我週四一天都沒課。」

「ＯＫ。」

我知道我有一種吸引女性的氣質，不太多言，善於扮演聆聽者，而且作愛之前與之後都會沐浴讓身體很好聞。而這些女人通常都有一種習慣，就是當我挺入時她們喜歡用她們小小的白牙咬住我肩頭的那塊韌實的肌肉。

我的手機這時突然像是盹中被驚醒，發出了一串怯怯的嗚聲。嗚嗚嗚，嗚嗚嗚。還來不及辨出聲音的方位，只見花儿已經閃速從枕頭旁把手機撿了起來，好奇是哪一個寂寞的人，在半夜裡欲言又止。

嗚嗚嗚，嗚嗚嗚。

女人喜歡看到我臉上忍耐著那輕微的疼痛而出現的抿嘴表情，慢慢也摸透了她們的溫柔施暴所帶給我的興奮。嗚嗚嗚，嗚嗚嗚。

那該死的手機還在發出擾人的來電訊號。握在花儿手中，那玩藝兒還真像男性的堅挺。「不要管它，」我說。

在女人獨居的屋裡，性愛往往被賦予更大的空間與自由。嗚嗚嗚，嗚嗚嗚。那不是夫妻倆的生活室，也不是男性狩獵完後拖回斬獲的洞穴。那是由她們自己掌控的環境，讓她們更能夠拋開其他空間所帶給她們的無形拘束。嗚嗚嗚，嗚嗚嗚。這也是為什麼我喜歡在她們的房間裡做——

「齁，原來你很花喔，還真看不出來呢！八成是女的打來的吧？——」

如果她乖乖把手機放回原處，一切就會沒事了。偏偏千不該萬不該，在下一秒她做出了我生平少數幾件絕無法容忍的事。她按下通話鍵，用她那故作天真的聲音對著話機發出了長長一聲「喂——？」

我衝過去不廢話就著實給她一拳。

壓住怒火，撿起地上的手機，看到了號碼顯示。

一個晚上心思掏盡才挽救回來的生意，就在花儿被揍時的那一聲慘叫後，已經飛出了窗外。電話那頭只剩下無盡的沉默，在我的腦中不斷地擴大擴大。

下一秒我用盡力氣，怒吼出心中的幹，但是卻聽不見自己的聲音，彷彿這間狹仄的小套房其實是一個黑洞，把我的聲音全吸進了如牢籠的四壁中。

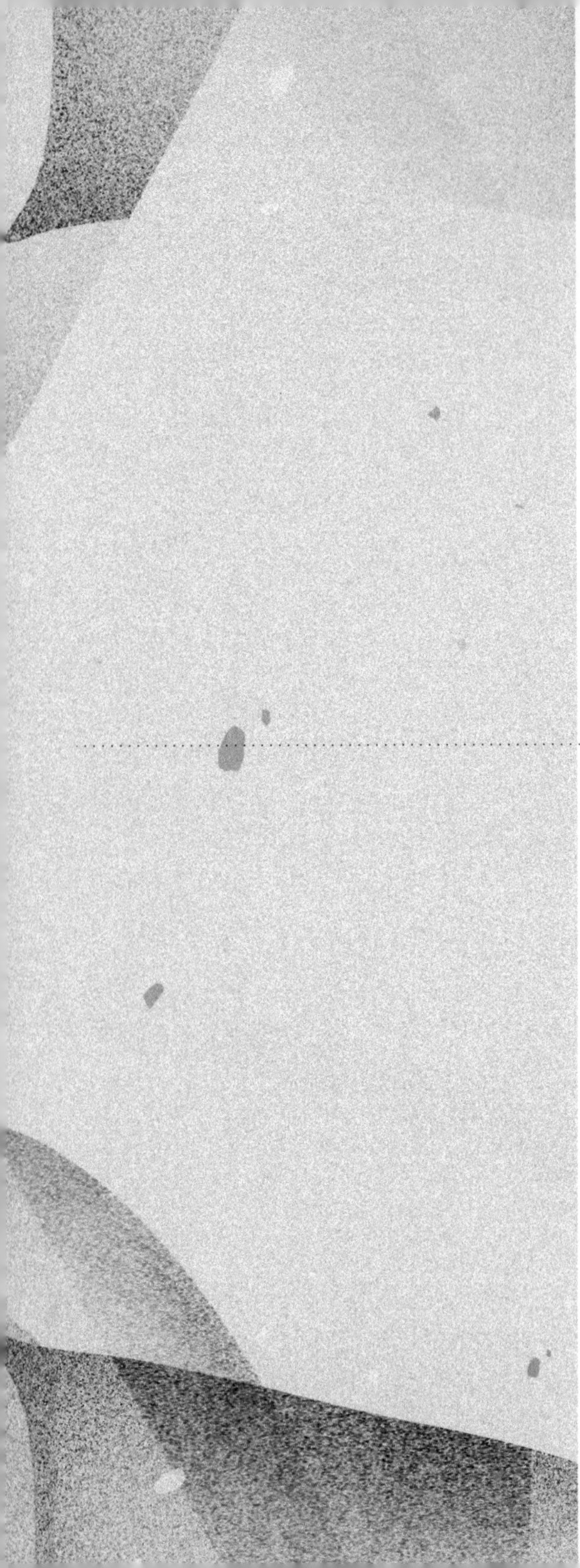

昨日情深

一九八八年五月

收錄於《說起我的孤獨》（一九八九，已絕版）

那一年夏天，詹仲宇下南部錄電視綜藝節目外景，和她們在西子灣巧遇。

校園民歌風潮正盛，歌唱節目一概清心爽口，牛仔褲T恤衫的大學生海灘上跑來跑去。詹仲宇認出了靜佳一行中的某人，大太陽下拎一把吉他甩在肩後，一隻手在藍天碧海中間揮舞起來：「哈囉！」……

「一個歌唱得很好的小男生。」阿黛朝對方揮手答禮後，同其他的女伴笑道：「哈哈，妳們絕對想不到。他在頂好那邊一家Club唱噢，我整整捧了他一個月的場，天天報到，本想拿他寫篇小說的，結果那個冬天一過，什麼心情也都過了！」

阿黛的年齡稍長眾人，素有她們「蓋幫」幫主之稱，一把長頭髮用白手絹束在腦後，仍不減一股驕野的風韻。邊說她邊做了副心碎的表情，聽得大家當下皆可委地成泥，想這愛情究竟是怎麼一回事？文字裡翻騰久了，有時不免覺得今生今世或天長地久，也不過是文人墨客的一場文字官司，她們也無從翻案。

阿黛說著便吟起韋莊的詞來：春日遊、杏花吹滿頭，陌上誰家年少，足風流……惹得大夥笑成一團。笑聲唧唧傳到了前頭，詹拄著吉他準備上鏡頭，也回過頭瞥了一眼。

靜佳用手擋住當頭的大太陽，遠遠看著那人，一把長髮覆額垂肩，竟在陽光下閃著熠熠絲光，連女孩子也少有。

他當過兵了沒？有人問。

聽說左眼弱視得厲害，不用當兵。這是電視周刊上的消息。是不是隔代遺傳啊？有人猜測。看著總有那麼點西洋人的輪廓。

靜佳從還在念中文系時便小小享有文名，經常在報上可以看見她的作品，或詩或散文，曾經很得一些副刊主編的厚愛。大學畢業後出書，結識了一批同她一般年輕的女作家，常受邀到各大專院校座談演講。管人家說什麼閨怨派、鴛鴦蝴蝶派……私底下仍是一群大女孩，很有讀者緣。對這幫天之驕女般的文壇新秀而言，出遠門演講每每成了附帶，藉機遊山玩水才是正經。

詹遇見她們的當天傍晚，在「統帥」正好有一場特別安排的小演出，他親自到她們下榻的旅館發出邀請。她們閒著也是閒著，果真全體出席。詹特別請人預留了靠台前的桌子，開場第一首歌唱的是當年正紅的〈恰似妳的溫柔〉。

白天時的玩笑，到了夜裡全結成了一苞苞待放的心事。身為擅長在情字裡翻演的校園女作家，現實生活裡又不甘降格以求，如今耳畔的歌聲無疑只是她們永遠抓不著的夢境，連台上的人也是。偏偏又只是萍水相逢，大家無言互覷了一陣，最後還是玉琦噗嗤一聲假笑，解了大家的尷尬：

「當心當心，這種小男生是上天謫來紅塵，專門騙取凡人感情的！」

「我的好玉琦，誰像妳這麼清心寡慾的，你們都是仙界的不成？」阿黛自是沒放過機會來個回馬槍。

再一次，靜佳在旁人的嬉笑聲中抽身，回頭朝台上的人深深望了眼。

這次距離近了許多，連對方也察覺了，大大方方回了一個秀氣逼人的笑給她。

＊

為了商討下一季的出片計畫，企劃部邀集了作詞作曲界的朋友，借老闆位於敦化南路的家中聚會，奈何週日下午訪客頻頻，門鈴響了又響，偌大的客廳沒多久就高朋滿座。座中賓客彼此多少也都有些交情，廣告界、電影圈、出版界外加演藝行列，話題自然就一籮筐，和原來愈岔愈遠。終於，一場小型會議演成為歡宴場面，一發不可收拾。

晚餐是撥電話叫披薩屋外送，飯後熱鬧氣氛絲毫未減。鋼琴被人敲得聒噪非常，和屋裡四個音響喇叭播送的西洋老歌格格不入。茶几上的一盒面紙不知被什麼人抽得一地都是，其中有些還草草記上短句殘稿，都是夭折的靈感，據說暢銷金曲經常發源於此。

這樣歡鬧的場合裡，很難想像有人自始至終如一支忘了點亮的蠟燭，未曾感染到一絲的光和熱。

遠遠躲在陽台上吹風，屋裡的人也不覺少了一個她。這就是現實。五光十色的台北整個在她的腳下，十五樓的天空比起地上的城市，竟然失色許多。這就是現實。她咬了咬唇對自己重複道。

八年了。靜佳沒想到她會在這裡遇見詹。

偶爾心有牽掛地回頭，看著客廳裡綽綽的人影，詹就在其中。她說不上安心還是傷心。他穿著一件墨綠色的長袖衫，跟記憶中一樣，仍舊習慣把袖口捲至腕上三吋左右。但是她說不確切，他哪裡不同了，成熟了一些？滄桑了一些？

小詹從紐約回來了。詹仲宇啦，應該還記得那個名字吧？稍早，企劃部的丹尼聽說他要過來，以為靜佳不知道那是何許人：「對對對，就是他。現在還帥不帥？見人見智囉！」

如今靜佳也已過了少女如詩的心境，放棄了文學創作，改行成了唱片界作詞的一支健筆。聽說隔了這麼多年詹想再回台灣出專輯，靜佳只能暗地裡為他擔心，怕早已物是人非，他自己想必也知道其中難處。更何況，他那隻年輕時就已有弱視的左眼，如今已成了大家背後談論的話柄。

沒注意何時詹也悄悄步出了客廳，同她並站在十五樓的星空下。與詹的四目相接，靜佳看到了他那隻反光不自然、大小亦不協調的假眼，一陣酸楚霧了她的視線。

因為弱視，那隻眼睛後來急遽萎縮變形，不得已動了手術摘除。之前她雖早已聽說，然而見到本人仍教她無措，寧願暗地裡偷瞧他仍完美的側影就好。

「打算在台灣待多久？」

「看情形。有一點事還在處理。」

詹似乎也有意避免以假眼示人，一直維持著平視角度：「我在紐約這些年一直專修作曲，看看回來有沒有什麼機會，不然人家以為我這些年在國外都是白混的。」

靜佳不想點破，一時也無法敷衍。她曾經度過一段瘋狂接稿的歲月，換不同的筆名，從日本歌翻唱填詞到少女偶像團體的唱遊曲，累積了一堆她羞於對外承認的作品。對於流行音樂，她早就不像詹還抱著期望。

同業的消息傳得很快，唱片公司試著替詹做造型時發生的事，早就被丹尼當新聞四處廣播：

「把他帶到阿杜那邊拍幾張照片看看嘛。你們也知道，現在小男生才吃香，他老哥一副歷盡風霜的表情，拍來拍去總不對，沒有特色！沒有特色的人就沒有市場。你醜都不怕，醜得溫柔也是賣點啊！阿杜左想右想，有了！拍他那隻假眼，直接一張正面特寫。他老哥不肯咧，怎麼說也不肯，一摔就走掉了！這個傷腦筋。搞不清楚狀況嘛！我們這邊還是因為老朋友才想幫他做做看，去別家公司恐怕理都沒人理！」

當下靜佳聽得心驚：「何必呢，誰願意像這樣暴露自己的缺陷？」

「是啊何必嘛，」老余，他們的總經理也插嘴了：「那我們又何必給他出唱片呢？」

遙想當年，那個在舞台上抱著吉他的男孩在靜佳心中曾如蓮影，恁近恁遠，沒想到還來不及打撈就已沉沒。

「台北文藝圈真熱鬧。」

「可不？鬧得我頭疼。」靜佳本想說，半個小時前她就想走人了，不料話一出口竟成了：「你還要繼續待在這兒嗎？」

*

雙城街上的啤酒館。靜佳原以為詹挑的這個地方適合敘舊，孰不知十點一過就有現場演唱。轉換陣地，為的是躲開剛剛那一場不知何時才會結束的宴鬧，此時卻比起晚餐時的嘈嚷有過之而無不及。總算一段節目結束出現空檔，詹有一搭沒一搭聊起此次回台的計劃。

「之前都在替一些commercials做配樂，這些年國語歌曲接觸得太少了……他們聽過了母帶，建議至少還是得有一首符合市場的歌當作主打……」

「詹仲宇——」

從八年前就是這樣連名帶姓喊他，靜佳不懂自己為何從來不能像別人一樣，可以將小詹二字喊得自然順口？「你有考慮過成立個人工作室嗎？如果是走幕後呢？」

說完她才意識到這話傷人，像提醒他昔日風采已遠。

歲月都虧待我們太多，靜佳在心底自語。她知道，詹只不過當她是一個間接的舊識，阿黛的朋友。今晚之前連可曾單獨同她見過面，恐怕他都不記得了。隔著原木的檯子和一點點酒精，他和她像是兩個陌生的人，偶遇在天涯或是海角。

民歌年代，已恍如隔世。

後來在西子灣錄的歌唱節目在電視上播出時，靜佳正巧看到了，等等等，一直等到詹出現。天藍色襯衫、白色牛仔褲，可是總與本人有那麼段距離。曾經，他的靈氣是開麥拉無法捕捉的。

各自結束了在南部的活動後，他們是從西子灣一道結伴玩回台北的。靜佳整整受了一路的折磨，因為她無法說服自己，不要太把感情當一回事。

並非無情，反倒是因為感情比旁人更充沛更敏銳，只能把稿紙當作她唯一抒洩的對象。有人追她，一個大學裡認識了三年的理工科男孩，她也只是擱在心裡。不是他，她常常對自己這樣說，她還不能全心全意愛一個像那樣的男孩。

當年她喜歡的男生是像詹這樣的。

世事不沾，生來教人喟讚。同行的女伴們都寵他，異性的討好承歡對詹可能早已是家常便飯。她不懂他，不知道他是怎麼在眾人呵護愛賞中長成的，是不是還懂得去愛一個人？自小優秀的靜佳，對於愛情始終堅持出塵拔俗，可是眼前有了這樣的人，她更堅持自己的幽香暗吐，不露聲色。

同一組表演樂團又陸續小舞台上歸隊，中場休息結束。

「……該回去了。」靜佳舉杯飲盡了杯底的馬丁尼，強作出一個瀟灑的笑：「我女兒一個人在家哩。」

「妳，結婚了？」

「離婚了。」

酒館外一輛計程車正等在那兒拉客。靜佳開了車門，回頭要道再見，只見不遠處一盞水銀路燈從詹的背後放光，他那把絲亮的頭髮讓靜佳驀地心中一震，隨即聽見詹的聲音：「不安全吧？我送妳。」

這樣的體貼靜佳沒忘。

當年他一個男生陪著幾個女生一路北上，訂房訂餐都靠他張羅。阿黛還跟她咬過耳根：男生獻殷勤準是想表現，到底誰是他的目標？……罷了，怎不問問，她們當中可有誰在準備出手？……靜佳恍惚了，竟沒注意詹在跟她說什麼。

到底還是不吐不快，詹主動跟她提起了定裝拍照的事。詹的語氣越平淡，越讓靜佳感到不忍：「很難做決定，是不是？」

「其實不難，只是不甘心。」

詹狀甚疲憊地閉起了眼睛：「如果在國外的話根本不是問題……在這裡，在這裡不知道有多少人等著在看笑話——」

這種不甘，靜佳懂得。

*

那一夜到了溪頭，一夥人晚飯後執著手電筒山林漫走，而玉琦和詹不知何時脫了隊。靜佳親眼看見玉琦剝開他的襯衫，整張臉埋進了詹青白削瘦的胸膛，狂猛地一路吻上他的頸頰。他甚至沒有投桃報李的意思，垂著手不曾對玉琦有過任何鼓勵或附和的動作，彷彿這一切他都應該，任何女人對他的慾望都是應該。

他們就在旅館後的小竹林裡，只有靜佳目睹了這一切。她害怕得哭了起來，她覺得詹可能會死在竹林裡。事實上是，他從此自她心中死去了。

怎麼會是玉琦？事後想起，她口口聲聲莫動凡心簡直虛偽至極。不得不將記憶中這羞辱的一頁撕去，同時澆熄所有浪漫的謊言，什麼心動不心動，不過都是虛榮和心機。她決定接受那個默默追求她三年的男孩。

計程車外的街景已然黯淡。

詹闔目靜思的表情看來驀地有些蒼老。

他的雙眉之間什麼時開始多了那一道短溝的？靜佳不經意看到那像被小刀

刻上一筆的陰影，試圖想像對詹這樣的男子來說，俊美不再，究竟是一種困擾，還是解脫？

紅燈車停，她微側轉上身，想把詹看得更清楚些。整個晚上沒有人提到玉琦，或是那時同遊的任何人。

還好詹沒提起。

靜佳同當年那幫女人早都沒了聯繫。頂多偶爾在書店看到阿黛在排行榜上的新書她也會翻翻，如此而已。聽說玉琦遠嫁到丹麥去了，那個女人——靜佳連對這消息求證的興趣都無。

俯身靠近仍在閉目沉思的詹，兩人的面龐如雙生並蒂。若是車子此時突然顛彈，難保不會跌出一個意外的吻。

在小酒館時靜佳本還想提議，不如他來寫曲，她來幫忙填詞，慶幸當時開不了口，現在更覺得這念頭衝動得可笑，彷彿她一直都還是那個躲在竹林中的旁觀者，仍舊禁不起感情來襲，哪怕已是這麼陳舊的悸動。一整晚，一整個前半生，靜佳真正想要做的只有這一件事，讓她安靜鄭重地，好好把他整張臉端詳一回。

燈號換引擎發動，下一秒詹突然就睜開了眼睛，旋即扭頭注視窗外。這唐突的舉動讓靜佳幾乎要誤以為，其實他什麼都知道。

*

「謝謝妳今天晚上陪我，本來心情滿亂的，現在，有些事我好像有答案了。」

「加油，」她聽見自己試著努力吐字：「晚安了小詹。」

他應該聽見了。他現在是小詹，不再是靜佳總想用連名帶姓抵住的那個誘惑。詹望著她，欲言又止。

她不知道，是否該把自己的電話號碼留給詹。

考慮片刻，終究還是收手。何必多此一舉，如果他想找她很容易的，可以問圈內隨便何人。他們現在是同行了。

寂寞地佇立在路邊，望著那輛紅色計程車慢慢駛出她視線的同時，剛剛在車上曾短暫有過的那陣突然的恍惚，再度襲上了靜佳心頭。

從天上謫到紅塵，專門騙取凡人感情……當年玉琦是這麼說的嗎？

妳想他是把誰當成了目標？

為何自己能守口如瓶至今？如果從溪頭回台北之後，她曾跟她們其中任何一個人透露過她撞見的一幕？

被塵封多年的那個答案，意外地被震動喚醒後開始叫囂不止，但是她始終聽不清楚。那聲音好像在說，真不知該為妳遺憾還是慶幸。同時又有另個聲音在一旁冷笑：妳不與那些女人聯絡，他從頭到尾也不想提起其他的名字，你們這場戲演得還真辛苦。也該是妳誠實回答的時候了，還不想面對嗎？

無法平息這無理取鬧的煽動，她只能喃喃怯聲辯解：不是的。是因為他體貼，不聯絡就不會引來更多人驚訝迴避的眼神……

拜託！除了妳，每個人都知道那個答案是什麼！

當時結伴的那一路上，每到夜裡都有一股騷動莫名。旅館後的竹林。停車場外無燈的曠野。還有溪邊蘆葦叢裡的人影。所有的風吹草動，她並非沒有察覺。

每個人都知道那個答案，因為她們都曾跟他單獨約在那些暗僻的角落。除了她！別人都偷偷摸摸私下好謹慎，只有玉琦這麼不小心，活該被她恨了這些年。這個推遲多年的確認，如今再也無法被消音。意外的重逢，讓多年前的呼之欲出不得不化為塵埃落定。但為什麼是，除了她？永遠無法解答，所以才更需要裝作不知情。所以才會想再給他一次機會，沒想到還是同樣的擦身而過。

靜佳激動的心情一半緣自無奈，一半終於悽惶。面對失敗的婚姻，蒼白的青春，易碎的自尊，還有什麼比某人曾讓自己情深無悔更好的自欺藉口？

那年的海邊，有一個長髮美少年在陽光下揮手，她就在另一頭遠遠地看著他。

詹與她沒有再聯絡。

三個月後，靜佳看到了詹的唱片。封套上的人有一隻眼睛仍是溫柔，而另一隻，整個是褪了色的過去。

我是個不折不扣的夜行動物。只因夜打開了我另一雙眼睛，在太多人都孤獨的台北。

林森北路條通裡的深夜餃子館，某晚走進了兩個客人，平頭口字鬍，吊嘎夾腳拖。一前一後，後面的那個伸出一臂搭著前面那個的肩。啊，是盲人。我恍然大悟。

領路的那位嗓門很大，好像聲量可以彌補他視力的不足。老板，還有什麼？他搖頭晃腦地，找不到對話的方向。水餃賣完了，有牛肉麵滷肉飯餛飩湯。領路的開心地點了牛肉麵，但是同伴立刻打斷他，向老板問了每樣的價錢。牛肉麵於是換成了兩碗滷肉飯加魯蛋。

我知道盯著那二人瞧實在不禮貌，但是我沒看過盲人吃滷肉飯。他們熟練地把整個碗捧起就嘴，嘴絕不離碗，轉著碗口，像進行一件精細的挖土工程，碗邊有啥就小心往口裡扒。大聲哥沒吃到牛肉麵沒影響，眼球翻啊翻的，像吃著什麼讓他驚奇連連的美味。他的同伴則每吃一口都要停下，臉上是為某事愁煩的表情。果然最後是他掏錢付帳。

我知道跟蹤著他們出店門實在太鬼祟，但是我沒看過兩個盲人三更半夜在街上遊盪。是附近哪家按摩院的夜班師傅嗎？

大聲哥敲著手杖領路，兩人嘰哩咕嚕話沒停。離開了明眼人的視線，憂愁哥整個人也放鬆了，毫無懸念地亦步亦趨。

暗行夜路對他倆來說是如此自在的事。我極小心地走在路的另一側，怕驚動了那樣的家常，那樣的安心彼此作伴。因為是靜夜，他們的互動顯得格外親暱而無所顧慮。

我跟著走啊走，走到一棟住宅大樓，看著他們摸進電梯。

原來只是一起出來吃消夜，然後回家啊！原來是一對情人啊！失明也可以成家啊！我激動地想立刻抓住經過的人，告訴他我的感動與震驚。

可惜街上沒有一個人影，只有總在失眠的我。

留情末世紀

一九九五年十一月

收錄於《留情末世紀》（一九九六，已絕版）

十點的時候，住樓下的太太準時上來抱孩子。哄孩子上床睡覺，以前是蘇的工作。徐家明這個爸爸好當，一結婚孩子就已經兩歲大了。他自己也不過是個大孩子，二十五歲，穿了黑色的貼身背心，一把長頭髮貪涼快，在腦後紮起一截小尾巴。他抬起手抹抹眼角，紅著鼻子對地板上的小阿丁說：

「好了，玩具收收，睡覺了。」

吳維智陪他坐了一個多鐘頭，一直沒聽他開口，這會兒聽見他帶了哭腔的嗓子，心一酸，於是起身幫他送保姆。

對方約莫五十來歲，看這一家夫妻一直用一種奇異的眼光，覺得現在的年輕人簡直荒唐，從來話也不多。現在知道女主人就快死了，有點可憐沙發上坐著的年輕父親，於是把懷裡孩子的臉扳過來，一邊教他：

「說晚安，來，跟爸爸說晚安了。」

小孩覺得新鮮，忙就學著說：「晚安。」然後不知道心裡想起了什麼，用心地盯著徐家明的臉瞧。徐家明吸吸鼻子，坐好朝孩子扮個笑：「晚安阿丁。」小孩又再跟著說一遍：「晚安。」這次還加上動作，小手在空氣裡抓著，要再見。

徐家明再也沒心情，隨便伸出手擺了擺，立刻又收回蓋住自己的臉。門咚地給帶上，小阿丁的聲音在走廊上石子似地滾了滾，終於被保姆帶下樓了。

吳維智叫他：「小徐？」下午去醫院看蘇，他聽見孩子叫他「徐爸」，怎麼會想出這種叫法，讓吳維智有點吃驚，才想起來阿丁的父親姓丁。蘇的手上扎著點滴，吃力地睜著眼皮，還要顧著同他說笑：「小徐跟我結婚的時候，一些人總愛取笑他敢娶比他大十歲的女人，未必敢讓兩歲的小孩叫他爸爸。」他聽了只覺得慘。

徐家明依舊用手擋著臉沒應他。客廳裡四面門窗緊閉全靠冷氣，電視一直開在那裡也沒人看。這時候播的是夜間新聞，畫面上的女主播說話速度極快，彷如一台啟動了的電動縫紉機，連個換氣中斷都沒有。那兩片懷疑可能帶著金屬成分的唇，不時發出剪銼之聲，像在一絲一絲鉸著客廳裡沉重的空氣。

和蘇是在去年耶誕前夕，才在這座城裡又碰面的。

那時他終於決定回國安頓了。一去七年，光火車站前一堆的新樓新招牌就足以讓他頓起生疏之感，關係也都還沒打開，主要是大學裡教課，一方面籌備自己的建築事務所。

台北十二月不比紐約大雪紛飛，但是動輒冷鋒過境，並沒有好過到哪裡去。那一天已經十二月中旬，他才猛然想起美國那邊的系主任還沒有備一份耶誕禮物。他曾經回台北待過一年，不習慣又回去。這次他是下定決心了，唐納森教授拍著他的肩膀，只說了一句：「隨時歡迎你回來。」

已經是一九九六年了。在任何哪一個城市都已經不重要，他都是孑然一身。三年前那次回國，是因為母親的病情惡化。這次回來，他自己都意外會為了一個這麼簡單的理由：二十世紀就要結束了，他想在自己長大的這個地方倒數計時。

百貨公司的騎樓下擠滿了攤販和緩步移動的人群，一路走下去，全是烤箱中烘著蛋糕時那種溫暖明亮，黃澄澄地順流而下，自絕於樓外夜降以後更形威凜的來襲寒流。櫥窗裡的佈置喜燦華美，簡直就是一張張放大了的耶誕卡片。人們就在卡片與卡片間穿梭，窄小的空間裡，彼此肩肘的摩擦是必然，卻也是偶然。吳維智走著走著，忽然被後面的人撞了一記，待要回頭去測安全距離時，一眼發現站在街口轉角，在等攔計程車的女人是蘇。

三年前回國時相見，她正懷了阿丁。一看見她圓凸的腹部更伸手要摸，也不看她的表情，光問：

「孩子有父親嗎？」

蘇一個大學念得斷斷續續，中間休學兩次，她口口聲聲是為了賺錢，吳維智從來也不知道，她究竟要的是什麼。蘇告訴他，現在在做期貨，根本沒提孩子父親的事。

「知道是誰的，可是有用嗎？」蘇說，乾脆明白。然後開始抱怨她媽媽下雨天為省五十塊計程車錢，結果過馬路給摩托車撞了，差點報廢。請看護、動手術、住醫院……又是一大筆開支。

「倒不如一下子結束了還簡單些，這一年磨死我。」蘇的眉梢一挑，說那神情歹毒，還不如說是沒有認命，打算再要爭一爭。

「那妳現在有錢嗎？」吳維智看著那張認識了十幾年，永遠勾了眼線打了粉底的女子臉容，突然又有了新發現：「妳去墊了鼻子？」

她讓他觸她便便大腹，卻不准動她的鼻子。

往事浮湧中他看見蘇已招下了一輛車，開了門先將購物袋丟了進去，他開始踮起腳尖，朝著她的方向呼喊出蘇的名字。之前他沒想過為什麼一直覺得和蘇那麼親，那一刻才恍悟。

原來蘇跟母親有諸多相似之處。都是不化了濃粧不出門，沒有男人在身邊的時候，一張側影孤獨而倔強，在人群中即刻脫顯。

「小徐。」那天和蘇搭了計程車回家才第一次見到徐家明，覺得他簡直是後生晚輩，從此喚他總是拖了個尾音：「小徐，你晚上什麼都沒吃。」

「她其實都知道了對不對？」徐家明看著天花板，不能相信整件事的突然。

「你一定要好好的，阿丁現在最需要你。」吳維智遲疑了半晌，終於讓他心上纏繞了多時的問題脫了口：

「孩子的戶口上，究竟姓什麼？」

對方扭頭朝他皺起眉，彷彿他是個老糊塗：「姓蘇啊，還有什麼？」

吳維智不說話，也許孩子的身世，他比小徐知道得還多。

是在病中，蘇才瑣瑣碎碎提起了荒唐事。在進期貨這行前，她在建設公司上過一陣子班，有個姓丁的包商，開著BMW每天等她下班。明知道對方已經結婚了，但是自大學時代酒廊兼差結束後，她好長一段時間不碰男人了。姓丁的不清楚她的過去，她想知道，自己是不是可以像一般女人一樣被愛。

母親當年在做酒店櫃台，一直有一個固定的男朋友，中年人，身材略胖，開食品工廠，有家室，但是子女都已長大成人，他和母親的生活開銷全仰仗對方支援。

吳維智從來看不出，母親究竟喜不喜歡那個男人。

他叫對方張伯伯，那人是從南部來，台語口音和他與母親在家說的標準國語出入甚大，但是他從來不討厭這個外來的男人。有時母親臨時調成晚班，這個張姓中年男子還來接他放學帶他去吃飯。老師以為那就是家長，在校門口打招呼都直稱「吳先生」。

出國時的錢，還都是這個男人補足的。他在美國這些年，從來沒再問過母親，張伯伯現在怎樣了？身體還好嗎？究竟向人家調了多少錢？該怎麼還呢？

母親出殯前，他查到了張先生的電話。

他和母親也有五、六年沒有聯絡了。那個張先生再見到時已經成了一個佝僂的老翁，在火葬場哭得孩子似的。他大概也沒想到，這個女人竟然比他先走。

吳維智從頭到尾也只是怔怔地看著，不知該怎麼去慰助扶持。他不曉得自己為什麼還要特別通知這個老人，尤其是他長大後便已曉得，母親對他並沒有愛意。

＊

從蘇和小徐那兒回到家，已經十二點了。吳維智一進門就看見林蜷窩在沙發上睡著了，錄影機還開著，是他昨天才看過的一部片子。

「啊，幾點了？」林在他關電視、取錄影帶這一連串動作後突然醒了過來。吳維智懷疑他根本沒有真正睡著，其實一直在偷偷觀察他。

「告訴你不要再來了——」

吳維智一腳踢開林扔在地上的背包，裡面的電動遊樂器首先甩了出來。他在心底暗吼了一聲：什麼跟什麼！他不懂林只比他小兩歲，怎麼所有的習性完全和孩子沒兩樣？對年紀，林簡直到了敏感偏執的地步。

是這個城市，永遠像一座巨型烘衣機，努力翻攪著。而每經一次烘乾過程，被取出的衣物都要縮水。這個城市裡的人彷彿也都愈活愈小。

「又去醫院看你那個朋友了，是嗎？」林伸了個懶腰，尾隨了吳維智進了廚房，大剌剌開了冰箱取出一罐啤酒。

「我不想再繼續了。」吳維智用力推上冰箱門：「我們不要再見面了。」

「我不可能就這樣消失的，我們還有這麼多共同的朋友。」林瞅住對方，看不出是告白還是威脅。

在這個圈子裡，朋友不是選擇的，純然物以類聚。最親的是彼此，外人無法伸援手。然而也只有對自己人最殘忍，因為沒有出路，相親也好，相殘也罷，都只能在同一個圈子裡廝殺。初次見面沒有衝動，便保持朋友之名。然而並不真的要發展友誼，只是以別有無性關係。這些朋友到頭來便是爭奪下一個目標的主要對手。

吳維智出道太早太早，同國後看到這些同道玩得樂此不疲，好像是什麼船來品初次引進，殊不知開天闢地以來就是這麼回事。他真的該玩的都玩過了，完全沒有下場的欲望，這些人怎麼懂得他。

林賴住他，保證再三只是好玩，沒有牽扯，結果還是騙人。

回國之後發現建築業不景氣，低迷超過了他的預期，他便改做起室內設計的case。林原跟行裡另一個早就打開知名度的建築師一道，同志加同業，不混在一起都難。曾幾何時，他們出遊都要拉上他。他知道不能老混在蘇的家裡，他們兩口子的快樂對他是一種折磨，幾乎是賭氣似地，他刻意讓自己疏遠。

那次一夥人上淡水吃海產，回城時不知怎麼給派在了林的車裡，說是順道。

林在那位名建築師公司裡上班，情人歸情人，上司仍是上司。他賺的那一點薪水全投資在車上，車裡音響電視都有，最讓吳維智受不了的是加菲貓的抱枕，把個小車子塞得像街口夾娃娃的電動遊戲箱。

林問他聽什麼電台，他說ＩＣＲＴ。林的表情他可以明瞭，不以為然地瞟瞟窗外，好像自尊心受了傷。林最恨那個名建築師在他面對提他在哈佛的種種。吳維智也發覺了，在這個城市有不少人對他在美國這些年養成的習慣，有一種防禦性的敵意。

惠妮休斯頓的歌聲出現在頻道上，是好幾年前紅過的〈Where Do Broken Hearts Go?〉，心碎的人無處安身。當年這首歌初上排行榜時，吳維智愛上了從加拿大來的史提夫。

他想他是中了好萊塢的毒素太深，一眼看到史提夫，便想到了演超人的克里斯多夫李維。日後與史提夫在一起，曾經有做愛途中撞倒一面書櫃的紀錄。他這些年一直痛恨母親的冰霜冷漠，鄙視姓張的男人永遠的曲意承歡。他要的愛是帶征服性的，粉身碎骨以銘之。

史提夫在美國的居留出了問題，工作不是很順利，慢慢地人變得暴躁多疑。他知道這段關係不可能再維持，但是沒想到竟會以暴力收場。喝醉了的史提夫用拳在他臥室門上咚咚捶擊，他並不害怕開門，只是不願意見到他愛過的人成了這番形狀。

當初喜歡上他的頎長體健，此刻全成了暴力工具。他被壓在地板上，完全放棄還擊。手邊不是沒有逞兇的武器，水果刀就在茶几上，他卻清清楚楚告訴自己沒有必要。他一定得禁住這一場凌虐，彷彿這樣才能保證日後可以抵得住，失去的寂寞。

他在那一瞬想到了蘇。想到蘇戴著太陽眼鏡遮瘀來參加期末考。愛得多就注定要輸。恨自己又看錯了人，蘇的心情他完全明瞭。史提夫見他完全不再動彈，嚇得跳開，以為犯了命案。而他只是背過臉暗自流下眼淚。他這種個性不能談感情，一旦被負，他是萬事皆可放手。他希望這場傷勢能教他永遠記住，不可以太傻。

他背過臉，心想林怎麼知道這些？

也就是這樣子，他決心玩玩，他也可以做那個不留情緒的人。林卻是一步不肯放，每天觀測他的弱點究竟在哪裡，他害怕自己遲早要露出馬腳。

「哼？」林不知道又說了什麼，似笑非笑地望著他。

「我不是你想像中的情人。」吳維智背過身去，他其實一直有懷疑，林和他上司並沒有結束。這股不安和不耐的情緒來得突然，曾經史提夫就是這樣封閉了自己，變得不可理喻，無人可以接近。

「不要為我決定我應該扮演什麼角色。」他握起拳頭重重在門上一擊，大步走出廚房：「你可以走了。」

「你很臭美你知道嗎？」林的饒舌本領在吳維智看起來，簡直接近一種病態。他已經見過太多像林這樣的人，這種喋喋不休在圈子裡快成為一種傳染病。

在林又要爆發之前，吳維智急轉過身，一把揪住了對方的衣領。史提夫……

玻璃枱燈燈罩匡啷落地。

事後吳維智只記得林瞪得洞大的眼睛，鼻血橫抹過臉頰，變成塗走樣了的唇紅。

母親帶他去酒店的夜總會吃飯。牛排，她說：從國外來的，嘗嘗看。

除了舞台上，四周一片黑漆，但是人聲來自每個方向，他覺得像是坐在一部大卡車上，幾十個輪子在四周滾動著。

表演的人穿著黑色西裝，臂上托著一個人偶，與真人同樣裝扮。但是人偶的臉在燈光下閃著漆亮的光，發出怪異的笑聲。雖是一張咧嘴的笑臉，可是卻像隨時要變成受驚的嚎啕。他忘記了他的牛排，瞪大了眼望著那個人偶，有一種悚動的期待。

這個節目結束，走上台來的是五個留著長髮的年輕人。他最先注意到的是靜靜走到角落裡，拾起鼓棒的那個人。然後才移過目光，看見站在最前面，手拿麥克風的主唱。

他又回頭去看那個鼓手，聽見兩支鼓棒噠、噠、噠、噠敲了四下，音樂突然就出現了。

是英文歌，聽起來像是喝醉了的人在罵街。他看見母親的表情，幾乎是陌生的。她目不轉睛地盯著拿麥克風的男孩，呼吸都急促。她的興奮他不能明瞭。

於是他逕自又再去看那個鼓手，那人不時朝台下瀏覽，好像他不屬於舞台的一部份。他希望那人會朝他這個方向看過來，卻一直沒有。

＊

蘇在期貨公司做了三年，市場並沒有預期的看好。然後有線電視開放了，她轉到A視做業務，半年就升上了副理。徐家明是她招進來的人，於公於私，她都是傾囊相授。老妻少夫在公司裡引起了不少閒話，於是兩人一起跳槽，順帶計畫自己創業，打算做外籍勞工仲介的生意。

鋼琴酒廊沒落了，期貨市場冷卻了，有線電視都還在虧損，外勞糾紛方興未艾……蘇這十年來趕上了每一班列車，也看著它們一班班空車和自己交錯。

「我所有經營的這些東西，沒有一樣是為了眼前。」蘇說。

有那麼一陣，她的病情穩定了一些，她想回自己家療養，當然更是為了阿丁。吳維智常在下午沒有課的時候過來陪她。孩子在樓下，小徐去上班，沒有護士進進出出，他們這些年從來沒這麼親近過。

「要賺點錢，以後才有得依靠。現在想起來多麼浪費！」蘇跟他要香菸，他遲疑了一下。「還有差別嗎？快幫我點一根吧。」

蘇從不跟他聊自己的病，子宮頸癌。彷彿這對一個男人來講，是一種低級趣味。她吸進第一口菸，眼裡出現了淚光：「早知道這一切在三十五歲前都會結束，何苦為將來作這麼多打算？應該盡量做愛做的事——」

「妳想做些什麼？」

蘇笑了起來：「再生幾個孩子。」

吳維智搔搔頭：「這點，妳比我幸運。」

雖然在大學時蘇便知道他的對象都是男人，可是吳維智從來不細說任何一樁關係的來龍去脈。有蘇一段又一段的傷心史已經就夠了，這種故事同質性太高。有那麼一段時間，他們倆像上了癮，連著換人，一副要趕盡殺絕的樣子。之後發現是來自彼此的壓力，彷彿他們是活在同一個故事裡，輪番擔綱同一個角色。

「就差幾年，否則可以看見二十一世紀。」蘇熄滅了菸頭，聳了聳肩：「看見癌症特效藥問世，愛滋病疫苗研究成功，三民主義統一中國……」

一個星期後，蘇的病情又壞了下去，搬回了醫院裡。

接到蘇從病房撥電話來的那天夜裡，吳維智正在準備搬家。住的這個地方從窗口望出去便是捷運，夜裡試車，一列燈光通明卻無人影的空車來來回回，讓人有一種鬼魅的寂寥之感。他更不能忍受一旦通車以後，他將會看見車廂中乘客的臉，於是決定搬上陽明山去。

整理雜物時發現了一只牛皮信封，倒出來竟是一疊舊相片。吳維智拾起一張母親、張先生和他的合照，不敢相信站在畫面中間的那個小男孩會是自己，自己原來也曾那麼幼小。

他原來不是一直一個人。曾經那也是個全家福。

蘇告訴他，和小徐起了點爭執，有關阿丁的未來。「他不必現在在我面前逞英雄，」蘇蠟黃著一張臉，紋出來的眼線卻仍千年不壞：「有一天他會後悔，他才二十五歲，阿丁會是他的一個大包袱。」

「他對阿丁很好。」吳維智訥訥地不知如何接話。

「幫我打這個電話，」蘇說：「給阿丁的親生父親，把阿丁還給他。」

他不能打這個電話，這後果不是他能夠、或應該承擔的——「這是阿丁一輩子的事，妳再想想。」他說。

「我每天都在想這件事。那個姓丁的不是壞人，以前是因為我的關係，現在我不在了，他可以順理成章做阿丁的老子——」

「還早得很！」他聽得心驚：「妳現在還好好地在這裡，不要說這種話！」

「好罷。」蘇嘆了一口氣：「有一天我不在了……」

那個浪蕩子！張伯伯的聲音從臥房的門後炸起：妳只顧自己的快樂，妳有沒有為小孩想過？

你不要想控制我！你就是有幾個臭錢而已！母親邊說邊順手砸過來手邊的東西，砰地落在門上：你能給什麼？你能給我名份嗎？你能給小智名份嗎？

臥房門倏地開了，張伯伯走出來，一眼看見蹲在門外的他，原本緊繃的五官慢慢緩和了下來。

小智，餓了嗎？

小智，喜歡那個唱歌的叔叔嗎？

*

徐家明帶了阿丁從蘇的病房出來時，吳維智正站在玻璃窗前，看著樓下天井裡曬太陽的病患。颱風才從南台灣掃過，雲雨全給驅逐出了上空，陽光變得格外耀眼，像影棚的燈光。吳維智自覺像是立在包廂看人世，生老病死竟也可成一場歌台舞榭。

「我買車了，想來帶阿丁兜兜風，郊外走走。」他說。徐家明知道蘇跟他提過阿丁的事，此時只有緘默，要讓行動證明自己的稱職與成熟。

吳維智不知道蘇最初是看上小徐的哪一點。他和蘇其他的男朋友毫無共通處。蘇和他在大學時，遇著空堂常愛玩的一個把戲，就是坐在圖書館前看人評分。洛杉磯奧運會剛結束，他們也學會技術項目與藝術表現分門計分的道理，身材五官與穿著打扮自不能混為一談。結果蘇對身材比例評分之苛，不下於他對品味之執著。

小徐身形矮壯，一週七天都是牛仔褲球鞋。吳維智卻為蘇高興，她沒有看錯人。一路上小徐都在教阿丁認物。「山，」他把阿丁放在自己腿上，指著綠絨絨的山頭：「阿丁，看山。陽明山。」飛機從藍天白雲中航過，小徐也不放過：「飛機。」

吳維智有好久沒有開車上路了，一路戰戰兢兢，卻仍不時被小徐不厭其煩的裝腔童聲分了心去。在美國剛拿到駕照時，便不時想像著有一天要和一個能過日子的人一起出發。但是他從來沒有更具體的概念，什麼樣的人才合適呢？

和史提夫在加拿大的大平原上開過長途，因為史提夫的簽證要延期，必須出境美國。在加油站問工人離蒙特婁還有多遠？「很近了，」穿藍工作服的大男孩說：「再五、六個小時。」他這個從島國出來的人，四個小時就已經是長途。原來遠近不是絕對的東西。生長在一望無際大陸上的人，對距離有一種從容的、喜悅的想像。

由史提夫換手駕車，他癡看著對方的側影，有些恍惚是否這就是他要的。他以前從來不知道原來這種關係也有維持一輩子的，就像他不明瞭五個小時車程只是近距。

沒有想過，到頭來便不知如何擁有。他聽見小徐和阿丁的咿呀對話，心裡軟軟的好像也回到了童年。懂事以來，家和孩子極少沾過心頭，隱約知道自己無法完成。蘇一直以來都沒放棄過婚姻，難道光憑這一點企望，便足夠讓一個人改頭換面？這是吳維智始終納悶的。

從某一個時候起，他的成長早已暫停了。就彷彿是，婚姻給了蘇一片新大陸，而他卻繼續留在一方窄狹稠密的島嶼上。

他承認自己完全不會挑人。直到現在，最透澈也不過是隔著衣飾，看見底下的身體。到底什麼樣的人才能懂他？才能讓他甘心？他已經拒絕去想。他是在逃避和罪惡感中長大的，有一部份的心靈及想像早已萎縮。

他們這種人的結合，沒有社會認可。是因為發現自己被阻擋在誓言之外，乾脆先背叛？還是天生的基因不同，讓他們在許諾中格外不安？史提夫曾經讓他一度相信，結果又如何呢？

他忽然有一股踩下油門的衝動，想再回到時速一百哩在加拿大飛馳的經驗。

他這一代已經被社會宣判了。這個世紀也快蓋棺論定了。阿丁上學的時候，會不會就改變了呢？他的同學裡，會不會有一個小男孩不再懼怕，認真去愛，而不是自我毀壞？因為他知道他的婚姻有憑有據，他的幸福不再受人唾棄？

*

過了午夜兩點，小徐仍然沒有出現。

是吳維智自願做阿丁的保姆，讓小徐在禮拜六晚上出去活動活動。看著小徐這幾個月來已經心力交瘁，整個人也瘦了一圈，他覺得義不容辭應該分點心勞。畢竟小徐還是二十五、六歲，健康的男人，有些需要得解決。「我知道你不好意思禮拜六晚上把孩子丟給樓下，」他跟小徐說：「你不是聖人，對我不必不好意思。」

小徐會了意：「我去去就來。」

他是不是有固定的門路？臨走時忘了問，此時吳維智心中有點七上八下。阿丁已經睡了，不曉得為什麼他卻突然擔心，萬一阿丁夜裡發起燒，或是鬧起肚子他該如何應付?小徐沒有電話來,他只有繼續守著。

阿丁怕熱,打了赤膊獨自躺在偌大的雙人床上,像隻小乳獸。敞著的肚皮隨了呼吸起伏,生命力正在累積醞釀,明天怕又要比今天長了一截?

他替阿丁蓋上一條毛巾被,坐在床沿端詳。小徐也不是天生就會看孩子的,他突然了解。面對這樣一個圓滾滾的小傢伙,任誰也不願看見他受涼挨餓。也許一切都是從這樣一個簡單蓋被的動作開始的。他喜歡阿丁,從觀察小傢伙的一舉一動,他看到自己曾經也是這樣一步一步,從懵然到解事。也許這是為什麼這麼多人甘願被父母的職責所縛。養育的魅力與滿足有一半是源於看見了自己。每個成人都有一段完全無記憶的孩提時期,這樣的人生到底是不整全的。有了孩子,那個失去的部分又可以被彌補,像借來的記憶。

但是阿丁的前途仍然未定,他依舊不肯幫蘇撥那通電話給姓丁的男人。

「打完電話,你便去做自己的事。」蘇哭著逼他:「你每天跑來醫院,只是因為愧疚,因為可憐我和小徐。你根本不必為我們操心呀!你的日子也沒有比我們好過。你就去打電話,然後走開,我就安心地去……不要可憐我,你何必守在這裡？……你去過，你自己，的……」

他才知道，他並沒有一個生活等他回去繼續過。

到了快四點，小徐終於進了門，喝得爛醉。他擋住小徐不讓他進房去看阿丁。

「你幹什麼？」小徐一身酒氣沖天，用力劈開吳維智擋道的手：「我是他老子！老子看兒子有什麼不對？」

「小徐，你醉了。你這樣會嚇到孩子。」吳維智陪著笑，明白這時一個不留神可能便要成了大衝突：「你去客廳先坐一坐，等清醒一點再進房間。」

「我很清醒啦！」小徐兩眼一瞪，整張臉漲成了赭紅色，然後見他轉身便衝向浴室，雷霆萬鈞地大嘔起來。吳維智依然記得母親當年醉酒，也是這樣掏心掏肺地嘔。吐酒的聲音有一種泫然的無助，像在召喚著，請求原諒。每一次反胃的張口，都像是有告解欲言又止。

半天沒聽見聲音，吳維智推開浴室的門。小徐並沒有對準，以致穢物滿身滿地。他就跌坐在稠腥難聞的浴室瓷磚地上，無聲地哭著。

他瞟了吳維智一眼，像在抱歉。然後飲泣慢慢升高成了嚎啕。

吳維智進臥室把阿丁從床上抱起來。「乖乖，再睡。」他用毛巾被把孩子裹好，然後撿起他為孩子脫下的鞋襪，走出臥室。

在經過浴室的時候，他停了片刻，看見小徐力不從心地注視著他懷裡的阿丁。他沒說什麼，繼續抱著孩子離開了蘇的公寓。

媽媽要生弟弟了嗎？

姓張的男人錯愕地轉過臉來。他聞見消毒藥水刺鼻的味道，看見布簾後母親脫下的鞋整齊地放在磨石子地上。姓張的男人牽起他的手往門外走。

媽媽等下會不會找不到我們？——媽媽要生弟弟了嗎？

她跟你說，要生一個弟弟？

姓張的男人用力拽住他，他們在十字路口停了下來。陽光像千隻長著透明金色翅膀的小蜻蜓漫天飛舞。他看見姓張的男人扭曲的臉部表情，突然不敢再作聲。

沒有弟弟。連唱歌的叔叔從此都沒有蹤影。

＊

秋天的時候，他又遇見林。週日的國父紀念館前廣場，秋高氣爽的天氣，湛藍醇明的天空中飄浮了大大小小，遠遠近近的風箏。林的髮型變了，穿了一件緊身的寶藍色運動衫，他一眼看見，以為是披頭四的歌迷從紀錄片中走了出來，是那種復古的樣式。

「還是這麼時髦？」他有點調侃的意思。林不知是沒聽見，還是有更意外的事值得他注意：「誰的孩子？」

「我兒子。」

他邊說邊教小傢伙好好抓住線軸，別讓風箏飛走。林摀住嘴，半天才問：「你，結婚了？」

他想起來，林知道關於蘇的事，於是迅速交代了一下。「……我跟我的朋友仔細討論過，她那個小她十歲的老公並不是最理想的照顧孩子的人選。他才二十五，不可能不再婚。然後我說，那給我吧，然後趕著辦了離婚跟結婚——」

他笑了起來：「我跟她保證，絕對沒有後母會虐待她的寶貝。」

林完全傻在那兒。

「可不可愛？」他從孩子手中拿下線軸，指著林對孩子說：「叫叔叔。」

「可愛。」林說，應付似地用指頭撥了撥孩子的臉蛋。「所以說……你，收山了？」

「怎麼，你有人可以介紹給我嗎？」

「算了，誰敢跟一個有暴力傾向的人約會？」林有點誇張地縮了縮肩膀。

「我很抱歉。真的不是故意的。」他嘆了口氣，抬頭看著天上的風箏：「幾個月以前，我真的以為自己的生命沒有出路了。我被一層一層不知名的恐懼鎖住，我覺得憤怒和不甘心。其實我們都忘記了，我們仍然可以做一個完整的人。」

「你這樣就算完整了？」林說完嗤地笑了一聲。

「當然不算。我還需要一個男人。」他再補充：「一個愛孩子的男人。」

「兩個男人和一個孩子？」林搖頭：「吳先生，我想你是瘋了。」說完便轉身朝麥當勞那個出口走去，沒一會兒就混在了人群裡。

他放空了兩秒，緩緩移開目光。是林這樣的人看得比他清楚，還是他看得更遠？一定還有像他這樣的人，在瓦礫中看到了建築的原貌，在世紀末感受到新生的渴望。

他開始收線。一隻老鷹風箏撲拍著雙翼，緩緩向他接近。

有伴

二〇一〇年十月

收錄於《我是我自己的新郎》（二〇一一，已絕版）

親愛的J，這多年，只能一直依自以為、且僅知，的方式愛你，希望你平安，希望你上進。是的，上進。不要被窗外街頭春意騷擾，不會被無謂的言語撩撥。多年之後的我還是無法面對，你哭問著的低語：為什麼不能希望你，幸福？

無法作答。想說，或許總是，不放心。不放心你要的幸福，究竟為（ㄨㄟˋ）何？究竟為（ㄨㄟˋ）何？

為了你的幸福，我想說，你應該開始學習，一切到了最後，你只有我，這個必然。（還會懷疑嗎？）

已好久，你未有好好端詳我，看我突增的白髮，下垂的嘴角，積怨的眼神。這即是陪伴你的下場了。一路走來我從未，想過幸福，或不幸福。明天是未知，寂寞卻已是明日的已知，你說。

在你背轉的時光中，我暗求就此永別，你不會再回，不必再聽你問起，那相同的蠢問題。但我讓你歸返並保證，不會再犯。我們又繼續相依為命，在意識某一點重新黏結，粗糙地。

今晚，穿過擁擠的夜市，返家途中，心裡浮起，好陌生的，想關心一個人的念頭。走向麻油麵線的小攤，好久沒吃豬肝了吧？我想。熱騰騰的塑膠袋，袋口紅繩勾住我的指端。與另一根手指打勾勾相似的，秘密，為某人買一份宵夜。這念頭，突然無端讓我微笑。過三條街才到門口，心頭這點淡淡的，小資的溫情，旋已消退。

你不屑繁瑣的，生活點滴。門後的你，開始為了交稿而煩躁。宵夜與你的靈感，從無相關。而且，你怕胖。獨自坐在無燈的社區小花園裡，我吃掉了麵線。沒差。重要的是，當麵攤老闆問起，要芫荽嗎，我曾認真思索，好像真的，這是為你準備的。

準備的宵夜到頭來，總是自己吃掉。曾幾何時，我再也幫不了你。

小時候生病，認真陪伴你復元。枕頭邊，小電晶體收音機裡播放的國語流行歌，一首首努力學，好在你半夜發燒時，在你耳旁低哼。聯考近了，一起轉公車的擁擠悶熱路上，考你英文單字。大學的你，不參加任何社團，卻迷上了雷射燈光冷燦，激狂，的迪斯可。陪你跳舞，陪你看人，直到那一年夏天，我們在中泰賓館的Kiss，二十歲。你說，你不想老是自己，一個人了。

我聽了就哭了。（到底誰一個人，是你？還是我？）

你開始寫作。我表面上不問不睬，卻背地裡收集，你的鉛字剪報。你的文章裡沒有我不知道的事，你的私密，休想瞞我。早就跟你說，幸福不是非黑即白。灰色的、模糊地帶的幸福，並非不可能。

而我總以為，繼續寫，你就能找到幸福的替代，你就會忘記自己依舊還是，一個人。幸福並非你，想像的，那樣。我們先要成功就好，可不可以？

書登上排行榜的時候，你竟突然說，要出去看看，因為覺得，一切令人不安。在機場送行，見你文弱的背影，母親哭了，父親在嘆氣。我看見的，卻是你空盪盪的眼神，裝滿著寂寞。你需要我，而這點你一直不願相信，以為我不懂你所謂的，幸福。

十年後，再回到我身邊，你的笑容裡多了烏雲。除非是，酒過三巡。總是陪著你去同一家小酒館，盯望著店裡無法選擇的頻道，猜不出你的心情。即使酒後，你也不再提二十歲時曾說過的那句，你不想一個人了……反倒這更教我，隱隱，不忍。我知，在他鄉你已付出過代價，為了二十歲，那句話。

我們靜靜步入了四十，仍有惑之中年。

一路走來，你維持著別人眼裡的，品學兼優，只有我知，你根本，隨波逐流。你繼續是那個彆扭鬼，旁人難以親近，懂你的才看得見，一個孩子，天真固執，不似我，懂得了壓抑，本性。

年輕時，你總質疑，為何要妥協？終於，十年的旅程結束，你無奈地學習起，隱藏，不再與我爭執。

至今我最懷念的，是那一段你讓我陪伴，平淡而和諧的日子。你在父親畫室，藏身堆放畫作的，角落，書桌上寫稿，如古剎抄經，一寫七年。（誰說，只有女人寫作才需要，自己的房間？）我說，四十四歲了，該買個屋了吧？你這才第一次，想到要有一個，自己的窩。完全不懂安排自己的你，讓人擔心。

算是成家嗎？我以為，應該就是了。和你難得開心地一起將新屋佈置完妥，你竟說，窩有了，想有個伴。

你強調，有伴。避過愛情二字，便自以為，完美掩飾了瘡疤。

不甘心又發作了，是嗎？你就這麼，懷念，給人蹧蹋？我氣到視線一片濕糊。

沒有什麼偉大的感召或救贖在那個什麼叫愛情的玩藝兒裡啦！得到的就不叫愛情了啦！就成了婚姻養出一堆嗜食麥當勞變得癡肥戴著近視眼鏡的小怪物！然後沒感覺了還要在一起仍然有道德義務飼養！或者就是為了婚禮那一場

凡夫俗子一生唯一一次可以當主角的大秀啦！想想看有一個人會劃下契約說，我這個人永遠是你的了真是好恐怖的人口買賣！就這樣得到了一個人喔？還不用前面二十年飼他養他。餵養二十年的還不見得是你的！

有些事在應該發生的時候，沒發生，在錯的時間再發生就是，災難。二十歲時每天，都可能與愛情擦身，是那樣的青春，讓人煥發。中年希望終結單身，那形影，只剩悲哀。

你又把我拖進，幸福是什麼的巨大，問號。我想起，在母親過世那年，就決定了不要再有多出的，生離死別。僅存的牽掛，就是你了。

但必要時，我也是會毀了你。如果我廢了，你也一樣不能活，懂不懂？

躡手躡腳進了廚房，用棄的保麗隆碗尋不到，它的分類垃圾歸屬。殘留的麻油氣味，已發出腐膩的嘆息。寂寞若有氣味，我會以為就像，廚餘。是廢棄的時光，泡在走味的期待裡，發出油膩的酸，妒嫉的腥。

這是一個分類的時代，你我無法分類的寂寞，亦無法回收。

書房門後，桌燈熒熒光線氾出，黑暗中像麥芽糖的牽絲，縷縷裹著，沒有開燈的客廳裡的我，無法抽身。

想起了某一扇傳說中的門。

傳說中，有座旅店，住進一晚就能得到幸福。神秘老人邀請了流浪漢到此；是晚，交給他，一支手槍。沒有絕對的幸福，老人說，但你可以擁有，永遠的幸福。夜裡，當有人開門進來，你就殺了他，拿走他提包裡的錢，儘速離開。唯一的條件，明年此時你需帶著同額，那筆錢，再回來。

一年後，發跡的男人，帶著厭惡心情履約。進房，同樣一把鑰匙，推門，一聲槍響。黑暗中，有人慌張奪下，男人手中的旅行袋。

（幸福不是絕對的，但可以，一直，一直，繼續喔——）

就像你，奪走了我的，我再奪去了，你的。一只裝著，夢想，的提包，外加一把槍。以為擺脫了你，結果不過是，步上了你的，前塵。你以為幸福到手，卻在面對我時，中槍倒下。

逃出，換得了，尋覓。

尋覓，終結在，逃離。

親愛的J，我們都抱著裝有，幸福詛咒的，那個包包。我還來不及告訴你，外面的世界，你已奪包逃逸。原來外面大家都是，在假裝，有幸福這件事。只要相信，幸福不是絕對的，就可以幸福了。

原來如此，一種周而復始的，沒完沒了的，因果輪迴。而我們的詛咒在於，每回都誠實地帶回了，同樣的東西。卻看到，其他人都在作弊。

第一次，搶走青春，帶回來的，卻成了青春的虛榮。搶走青春的虛榮，偷換成，虛榮的世故。於是，世故成了現實。現實成了虛假、虛假成了謊言、謊言成了貪婪、貪婪成了無恥……

（但是，他們都還繼續在，好幸福、好幸福喔……）

聽我說。不管你酒醒何處，面對的還是原來的世界。依然有這麼多讓你吃驚的，愚蠢與麻木不仁。聽我說。一個人才可以傲，才可以狂，才做得到，特立獨行。你願意揹上一個，唉跟J在一起的人真可憐的罪名？還是你想成全對方，成為，哇能跟J在一起真偉大的行善楷模？——

聽我說。他們那種好幸福喔好幸福，都只是急於，擺脫，一種分類罷了。單身重稅，單身保費，單身易患疾病，單身人口統計，單身壽命平均。一種，偽科學的分類，好似傷患統計。

他們錯了。單身對某些人來說，也許才是一種治療呢！否則也應該有把所有神職尼姑神父修女和尚都列入吧？為什麼不呢？只因為他們有了菩薩耶和華，就算有，歸宿，這樣嗎？那倒也是。比起俗世癡嗔男女，上帝佛祖還真是比較好的對象呢！

永遠沒法給你的，卻是你此刻最需要的。不過就是，一個擁抱。也許，我該循你，騷亂，的心跳，尋回某個夜店中的你或是，我？我可以給你我的全部，只除了，擁抱——

起身，猛推開書房的門，桌燈兀自瞌睡。

原來的小酒館，老闆已去了很遠，很遠的天堂國度。急需另一個幸福旅店的你，今夜會在何處，落腳？

竟然出門前忘了關上，書房的燈。窗上映出的人影，竟對我，吃吃冷笑。你為何要用那樣無奈——不！是空洞，的眼光看著我？你永遠無法傷我呵，親愛的J。寂寞不過就是，一夜不甘寂寞，醉糊之後的，我這張臉啊——

289 有伴

君無愁

二〇〇八年六月
收錄於《夜行之子》（二〇一〇）及《九歌九七年小說選》

他被窗外落葉的聲音喚醒。翅膀拍打似的氣流震動劃過耳際，昏寐中他感覺自己是那脫離了枝椏的黃葉，眼看著就這樣朝地面衝去，但那距離竟愈拉愈長，毫無飄落的輕盈，成了俯衝失速的墜體，只剩下風聲——

落葉應該是靜悄的不是嗎？猛地睜開眼，以為是夢。他移動了一下微僵的頸脖，目光投向窗口。

月色中那棵桑樹竟在一夜間全禿光了。

霎時某種不可說的力量將他釘在床上不敢動彈，只剩眼珠子骨碌碌從窗口轉進室內，影幢幢的一片煤黑外毫無動靜。嘗試動動腳趾，小心調整自己的呼吸。呼吸？意識逐漸如影片倒帶迴轉，定格，他憶起最後舉起水杯仰頭的動作。一切在那刻都應統統停止了。沒有夢，沒有樹，更不會有呼吸。他不確定這是否就是死亡。

照說他是死了。

一路繼續維持著平躺的姿勢，閉起眼，期待這最後殘留的意識或許會如同蠟燭燒盡熄去。靈魂滯留，敢情是。他無法控制自己的靈魂驅策它快快上路，這個念頭令他沮喪。多麼熟悉的感覺！這種無能為力。想像中的魂魄虛散幻化並沒有發生，他反倒覺得自己愈來愈清醒，比起病痛時奄奄待斃的他，此刻精神竟無端矍爍。

母親往生前的那一夜，他看見她獨力撐坐起身，槁乾的胳膊朝他伸來想要握住他的手，弟弟弟弟一聲聲喚。我放心不下你啊——母親的眼神已渙散，對不上焦，彷彿玩偶的假眼珠子被人重擊後兩兩往相反的方向滾動，成了滑稽的表情。當時不敢笑，只覺得恐怖，原來這就是死亡逼近的徵象。死亡喜歡滑稽怪誕的把戲，因為那是摧毀生命尊嚴最好的方式，讓迴光返照中悲傷的母親的臉變得像卡通般可笑。母親的遺傳基因在他體內盤踞，兩年後他也被診斷出肝癌時，當下讓他決定不要等到自己沒有尊嚴地連眼珠子也全不聽使喚的那一天。

傷心失望總有盡頭。他答應母親會好好照顧自己。現在，他連自己是死是活都搞不清——如果「現在」還具有意義的話。

生病的事父親毫不知情，自母親往生後兩人沒什麼話可說。動過手術做完化療一個人拖著半條命，回外頭自己租的小套房，養病三個月夜夜嗅的是林森北路上的通宵酒粉。他覺得自己會好起來，醫生說初期不是？仍回到酒吧上班，感謝老闆的慈悲，每月業績都不跟他計較。按時上下班，定時回醫院複檢，他的求生意志並未改變他這大半生注定的霉運連連，癌細胞還是擴散。剩六個月，醫生偷偷搔了搔長了濕疹的褲襠其他不願再多說。他記得自己愣坐在那兒，尷尬靜默半天，怎麼走出門診治療室的竟全沒印象。週末回到老家來，決定要死也要死在這裡，他並不真的是孤魂野鬼。

緩緩抬起手臂往床頭櫃上摸索，闃黑裡抓起小旅行鐘只見數字閃著螢光，指著一點零五分。服下了所有藥丸時他記得分針時針成直角的圖形。這鐘一直還在走，時間沒有暫停或消失。可能四個小時，也可能是四百個小時過後的凌晨一點零五分，他，張民雄，看清楚了自己身在老家，他的三坪小房間裡。

他在黑暗中摸著牆進了浴室，扭亮了燈，在鏡中出現的人影用同樣困惑的表情回望。想到那無預警禿光了的桑樹，他起初不敢碰觸自己現有的肉軀，怕又是死亡惡意的玩笑，一碰這身體立刻會在眼前粉碎。遲疑著最後只敢用發顫的右手試探地觸向左手，這才確定不是視覺的作祟。

母親那雙手他記得。一個人即便容貌身形已憔悴不可辨，手心的觸感可以始終相同。死去又活來，他看見尚未被病痛折磨過的母親面容出現鏡中，雙頰肌肉微弛卻仍豐滿，千年不壞的紋眉瘀傷似的青青藍藍。在端詳病床上昏沉的母親時，他曾想用力把那紋痕擦去。此刻他盯著那對眉毛，笑了。

隔牆那睡夢中的老人翻身嘟囔囈了幾句，他急急退回房間。不能讓父親看見，說不準老人登時嚇到心臟病發。

究竟是他放心不下母親，還是母親放心不下他？

*

一個五十開外的女人身著牛仔夾克走在林森北路上，拐進了小巷，步下僅有隱密小小招牌「君無愁」的酒吧樓階，推門而入。

週六凌晨兩點生意正好，一屋子男人喧譁，公關忙得沒多注意她獨自在吧檯找了個空位坐下。這地方偶爾有T婆出沒，這個男裝中年婦人看來夠滄桑，公關阿Ben心想。

*

阿Ben，又喝多了齁。你絕對想不到發生了什麼事。還是別告訴你的好，你一向膽小，如果你知道活夠了是什麼感覺，你也許可以原諒我走了也沒跟你說一聲。在這個地方除了大哥對我好，我也只有你這個朋友了。我不知道該怎麼與你道別，就當我去了很遠的地方好嗎？你看你自己喝開了就忘了清桌，待會兒二姐又要唸你。大寶回來上班了嗎？你幫我勸勸他，賭和毒這兩樣東西不能沾。你認不出我最好，我只是想再回來看一眼。你向我借的那本小說你就留著，我也沒什麼給你作紀念。十一桌都是誰啊那麼吵？原來是他。你別多事！喂喂！我都不氣了你還嘔什麼？人家就是有本錢，玩一個甩一個，我後來也想通了，這根本就是一個願打一個願挨。今晚教授有沒有來？他還在迷他嗎？我當然是來看你，但是你不會怪我都要走了心裡還掛著教授吧？我要走跟他沒關係真的。我的病沒得治了，像我媽一樣最後只能等死我不幹。我媽死的時候還有我，我要死了有誰？你相不相信有人一輩子就是倒楣倒到底？我一直還相信自己會好你說可笑不？我還想自己好起來之後要談個戀愛，三十五了，除了高中那一段我一直沒碰到人。雖然我沒跟你明說，你大概也知道我說誰，否則你不會一看見那個Jimmy就有氣。其實沒有他出現，我跟教授也不會有什麼的。你會不會記得，下次看見教授，至少讓他知道一下，我走了。

*

三十歲以前的他已經牢裡進出過，勒戒所待過。永遠三分頭剃得髭短，高中就進了幫派，一瞪眼小混混都不敢造次。病去了半條命，瘦也依然瘦得黝黑陽剛。父親山東人的高額挺鼻與母親原住民的晶目濃眉，兄姐們沒人得到好處，全便宜了他一人。從沒人猜到過他喜歡的不是女人。

沒所謂愛與不愛。解決了需要，下回的孤獨無愛再浪襲總是一個月、或更久之後的事。人生想要存心蹉跎一切就簡單多了。十八歲那年傷心過一次他就放下了，自己是不折不扣問題壞學生，沒來由對每日公車上相遇的那個瘦白的明星高中生發傻，夜裡打手鎗想著對方淡青血管微突的頸，竟還流下眼淚。枉然，枉然，他不僅一生得背著個壞字，現在還多了個恥字。打架勒索從沒令他有愧，是初戀，是愛的無望，讓他懂得了不甘和自卑。

直到三十三歲那年，他全心全意守著病中的阿母，如同這中間的二十年荒唐都沒發生，他又成了孩子，只是個害怕至親離棄的孩子，一切好像可以重新來過，他可以好好長大不要躲藏。夜裡給菩薩燒香，他求讓阿母少受些苦，也學會求自己的新生。

他明正言順開始流露隱瞞多年的溫柔，買菜洗衣煮飯，細心地為母親擦身梳髮，黑高的一個大男人在屋裡輕手輕腳端茶送水，好天氣不忘體貼地抱母親到院裡曬去些藥霉味。父親幾乎不進母親的房間，一輩子的婚姻到了最後一程竟如此漠然平靜，他不懂。晚飯後父親在客廳看他的清裝連續劇，他踞坐母親床邊的板凳上，打開收音機找警廣老歌節目陪母親一塊兒聽。聽到鳳飛飛唱〈相思爬上心底〉，他不經意跟著嬝嬝哼唱。相思好比小螞蟻，爬呀爬在我心底，啊尤其在那靜靜的寂寞夜裡……

從來不相思的他，想到三溫暖燈光昏魅的走道上，偶然某個似曾相識的面孔朝他涎笑，他看在眼裡打心底鄙夷，多麼懦弱，這些人！他早早便以冷酷凍起自己成雙的慾望，明白自己屬台味酷男的吸引力，再寂寞也得用傲蔑之心撐起無懈可擊的陽剛。然而鳳飛飛讓他繳了械，那樣俏皮的小小折磨，不知道那個當年公車上的男生，現在怎麼樣了？子女成群了吧？對方怎麼想得到，有他這個人在一個微涼的秋夜裡記得……

母親憂愁地望著他，欲言又止。當她問有喜歡的人嗎？他沒法控制那樣突來的驚慟，便哭了。

他在那一刻決定，在人生的下半場，他要找一個人，好好對待人家。或者說，他才意識到自己原來是渴望被愛的。

*

我叫阿Ben，來過嗎？

職業性地快速打量了對方幾眼，努力在記憶中搜索，他說不出在哪兒見過這T婆，但絕不是在店裡。

那女人向阿Ben打聽Jimmy。染了一頭金髮的公關不屑回道：妳是他朋友？不是。中年女人邊說邊把牛仔夾克的袖口推到了胳肘，阿Ben像被提醒了什麼，盯著她的動作沒眨眼。我只是聽說，他好像很紅？阿Ben聳肩一笑：紅？

總有人喜歡他不是？

阿Ben挑釁地一揚眉：看來妳應該也是打過滾的，這問題還需要問我嗎？

T婆不再作聲。阿Ben幫她端來兩瓶啤酒，一碟小菜，先乾為敬。發現老女人正著魔似地緊盯著自己瞧，正要放下杯子，一吃驚手打了滑。

阿Ben，真的不認得我了？

阿Ben不能點頭，卻遲遲不敢搖頭。

*

母親走了。

一年不到父親就開始在外面風流。一回，他想看看老家，沒先撥電話就出現，結果一進門屋裡全黑，既陌生又熟悉的舊物發出嗆鼻濕氣。他在黑裡坐了一整晚，直到清晨濛灰中起身關上門離去。那個家還在的時候他不想回去；現在他才有感，自己是個沒有家的人了。他那時還不相信自己翻不了身，不像店裡其他同事愛摸八圈買奢侈品，他開始存錢，想像能有自己的一個家。

他打了個會在通化夜市賣起成衣，不諳地域屬性又逢景氣紅燈，半年後血本無回。跑去做大樓管理員，延拖了三個月沒繳出身份證被解雇。然後生病，正式的班上不成，從酒客變成了Gay Bar公關，也是一種下海了。老闆大哥勸他別多想，一個人也還不是要喝？這裡讓你喝個夠。

他下海的所在被圈裡人賤鄙為「餿水吧」，意指殘羹剩飯大收集桶，只因上門的都有些年歲，禿頭便腹者佔多數，走台客本土風。不過台北的gay也生來賤，嫌歸嫌，到了週末午夜一過，一圈跑攤下來沒戲唱還不都乖乖來蹚蹚餿水。孤枕誰不怕？可以端個架子自我感覺良好，一人回家也虛榮。他早就看破這一套，客人要他唱歌喝酒他從沒廢話，活著太累，混口飯吃不是？但那人卻在生意冷清的週日夜裡上門，文雅客氣，小弟送上毛巾他還點頭說謝。他在後面角落偷覷，二十年前初戀的恥與痛瘋狗浪般在胸腔撼震。

那個明星高中男生到了今日恐怕就是這個樣了，斯文本份，西裝筆挺，根本不該出現在這地方不是？二姐先去招呼，妖氛俗氣顯然不受青睞；阿Ben學生型最討好，可沒見過他在哪位客人面前這般坐立不安過。他鼓起勇氣過去挨著阿Ben身邊坐下，斟酒，不敢抬眼多看。一有熟客上門阿Ben立刻彈起像警報解除，丟下他與對方獨坐。那人伸手摸菸，他搶一步把打火機點著，一隻掌顫巍巍護送火苗。青煙噴，那人笑了，害他竟紅了臉帶著討好問聲：唱歌嗎？

登時羞慚自己的老天真，他猛灌了幾口酒。那人像賞字帖似地一頁頁翻動歌本，看到〈港都夜雨〉時又朝他一笑。等他握著麥克風站在小舞台上，發現沙發座上那人目不轉睛望著自己時，他心裡唯一的念頭竟是要好好活下去。

他希望身體快好起來，就不要再做了。

＊

阿Ben哪，你不得不承認這世界是不公平的。Jimmy那樣的妖貨頂著大學生一片歌手的頭銜那裡不好混，怎就偏愛來我們這裡攪和？把那些歐吉桑迷得！我只是沒料想到教授也會吃他那套。第一天晚上他們見面，我就知道不妙了。我沒跟你說過，當晚我過去敬酒時，Jimmy已經半偎在教授懷裡。我說教授好久不見了，他竟然扯住我袖子拖我到身邊壓低聲音說，你不認識我，知道嗎？我也只能照辦，不然還能怎樣？教授趁Jimmy上洗手間問我有沒有生他的氣？生氣？我為什麼要生氣？我問他，他就答不出話了。我沒有，真的沒有跟教授有怎樣。我什麼風浪沒見過，怎麼會為了一個客人——你一直誤會了。我生氣，氣教授怎麼那麼傻，被玩弄成那樣自己都不知？只是因為Jimmy穿皮褲愛露胸嗎？沒出來玩過的中年人真可憐。Jimmy今晚跟沒事一樣照樂，他一定看到新聞了才對。這叫狠角色。

*

他這年才三十五，算八字的說他命中缺火，今年又沖午火要小心，但是他虔信母親在天之靈必有保庇。直到化療半年後檢查報告全不是那麼回事，可偏偏他又在虛惘紅塵中跌得更深，眷戀著活下去讓他在夜裡無故狂笑。想起一個兄弟毒癮染愛滋，哭著對他直說好後悔、好後悔。他該慶幸自己得的不是什麼見不得人的病，但是他到底後悔些什麼，他理不出頭緒。

他總拿出和那人初識夜的經過翻來覆去想，似乎其中藏著答案。他記得說到自己最喜歡的一部電影叫《油炸綠蕃茄》時，那人吃驚的表情。他在那陌生人面前第一次細數自己讀過的小說，對方竟每本都知道才更教他心喜，只因當時不知那人的背景。在對方眼裡，剃三分頭穿夾腳拖鞋的男子是餿水嗎？因為並無自覺，他那晚說個沒停，說到母親過世，自己在作化療，那人突然岔說那怎麼還喝酒？他頓了頓，一句平常卻始終沒人這樣問過的話，讓他無法回答。

埋單時那人說，留個電話吧！大哥規定過和客人不准出這個店門，他偷偷把字條夾在零錢裡塞在對方手裡。

那人始終沒撥過他給的那個號碼。可是沒多久他便常在週五週六夜出現了，不再拘謹，與其它客人自在攀談敬酒，和喜歡叔叔的小妖們勾勾搭搭。

為什麼連他都熬不過寂寞？他以為他還有機會和對方說自己學會用茶混充酒了。他再也沒機會讓對方知道，週日午後他喜歡在路邊攤叫瓶啤酒，切盤鵝肉，讀著剛買來的小說。

醫生宣佈治療無效後他便再也不讀任何東西。週日發呆也是一天。他想忘記所有後悔的事。包括自己留過電話給那人。

某國立大學已婚教授與新生代歌手同志戀曝光。那斗大的八卦報頭條標題，讓他再也分不清後悔與悲傷。

*

那穿牛仔夾克的中年女人目光開始緊盯住十一桌，教阿Ben說不出為何有些不安起來。

十一桌的Jimmy帶來一批他的徒子徒孫，假以時日個個都將成害人精。誰遭誰毒手都是自己犯賤，阿Ben才這樣想著，那T婆豁地跳下吧檯高腳椅朝十一桌走去。

看到那邁步的背影，驚叫卡在他喉頭怎麼都發不出聲。

*

禿光了的桑樹在月光下抖著椏，被看不見的風拴住似地掙不脫。有葉的生命與無葉的生命，差就差在前者還有孤單的瀟灑，後者看起來只剩一種驚惶。

他回到床邊坐了半晌，才確定自己已是無葉了。

甚至於他連自己的容貌都已沒有清晰記憶，浴室鏡中的人，病前的母親，她那頭灰白參差的長髮披繞在自己肩膀。他想起最後為母親擦身時曾目睹的一對癟奶，不由自主便伸手探向自己胸口，一驚縮回手。腦裡空白了一下才又用手撫住胸，揉著揉著便發出一聲乾笑。這具新的身體他能擁有到何時？死去又活來，氣數還是逼近零點。多這一趟，也是由於這嚥不下的一口氣吧？他已沒有剛剛睜眼時那麼有精神了，每一呼氣都讓他覺得更虛弱。他撐起身子，把脫在床頭的衣物一件件套上。沒時間去翻出他私藏在床底那件母親常穿的洋裝了。那對癟奶在鬆舊的汗衫底下晃盪好不自在，他掙扎走到衣櫃打開門，取出他生病後就沒再上身的那件牛仔外套。

＊

起風了，他現在有了一頭長髮在月光下飄。

看著那女人一刀捅向十一桌的Jimmy，阿Ben一時愣住沒法反應，直到同桌小妖們鬼哭神號起來他才有了知覺，感覺那個牛仔夾克的身影從眼前閃過直朝大門樓梯奔去。他一路跟追，身後疊聲酒杯匡啷啷粉碎落地。不可能不可能，他不停跟自己說。

門口蜷倒的人影看來好安詳。雄仔——他試探地喚。

那T婆早已不知去向，她怎會穿著雄仔的牛仔外套？難道是自己看花了眼，明明坐他面前的就是半個月前離職的雄仔？起來了，你不能醉倒在這兒，大哥看到會罵人喔——

那人無聲無息躺在原地，水果刀緊緊握在手中，一雙濃眉微鎖。「君無愁」的小小招牌閃著霓光投影在眉間，彷彿他的睫仍因一個遙遠的夢在歙動著。

307 君無愁

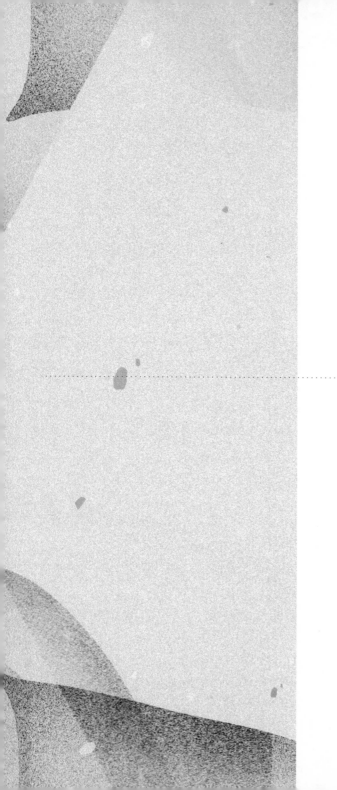

關於姚……（節錄）

二〇一五年三月

節錄自《斷代》（二〇一五），麥田當代小說家系列那時候的台北沒有像現在那麼多的高樓，上課不專心時目光閒閒朝窗外瞟去，老樹油墨墨的密葉靜靜晃動，猶如呼吸般吐納著規律節奏。襯底的天空總是那麼乾淨，即便是陰雨的日子，那種灰也仍是帶著透明的潤澤。

幾朵烏雲睡姿慵懶，隔一會兒便翻動一下身子，舒展一下筋骨。

應該就是那樣的一個陰雨天，我拎著吉他從社團教室走了出來。

那年用的吉他還是塑膠絃，幾年後才換成鋼絃吉他。正值校園民歌風靡的顛峰，走到哪裡都像是有琴絃琤琮當背景。走過舊大樓長長的走廊，無心轉了個彎，想回自己班級教室看看的這個傍晚，我並不知道這一個轉彎將是人生另一條路的起點，更無法料到接下來發生的情節，會在我的記憶中保留一輩子。

十七歲的我看起來跟其他的高中男生沒兩樣，軍訓帽裡塞一小塊鋼片，把帽子折得昂首挺尾；書包揹帶收得短短，裝進木板把包包撐得又硬又方。功課還過得去，在班上人緣尚佳，但不算那種老師會特別有印象的學生。放了學總不捨得回家，參加了吉他社，練得很勤。成長至今一路都還算循規蹈矩，若問那時的我對自己的未來有什麼想像，或許最大的希望是三十歲前能擁有一部車。家庭婚姻這些事還太遙遠，大學聯考可以等高二以後再來擔心。那時從沒覺得自己有太大企圖心，也從不認為自己相貌出眾。生活裡除了上課與練吉他之外無啥特別刺激的事，難免也會讓這個年紀的我感到有點悶，但頂多也只是被動地跟自己耗著，睡覺看電視發呆，無聊至極的時候，甚至幫還在讀小學的弟弟做勞作。我還不會，或是說不想，去處理這種青春期的閒與煩。

那種心情就像是掃地掃出來的一堆灰塵毛球，不去清它的時候好像也就不存在。所以若說十七歲這年的我真有什麼可稱為遺憾的事，大概就是這種自己也不甚理解的虛耗。一直到這天拎著吉他行過走廊，我都還沒有意識到，自己跟其他同學有什麼不同。不明白自己的這種被動或許是在抵抗著什麼。

在自己班級的教室外駐足了。

毫無心理準備的我，一步之隔，慾望與懵懂，從此楚河漢界。

角落裡最後一排靠窗的那個位子上，有人還坐在那兒。那人低著頭，用著完全不標準的姿勢握著一管毛筆在趕作文。教室裡沒開燈，昏暗暗只剩窗口的那點光，落在攤開的作文簿上，那人潦草又濃黑的字跡。

大概是因為是留級生的緣故，姚瑞峰在班上好像存在，又好像不存在。沒人清楚他怎麼會弄到留級的。他除了體育課時會同班上打成一片外，下課時間多不見人影，還是習慣去找原來已升上高二的那些老同學。發育的年齡，一兩歲之差，身量體型就已從男孩轉男人了。此人在班上格外顯老，一半是因他那已厚實起來的肩膀胸肌，一方面也由於那點留級生的自尊，在小高一面前愛裝老成。但是任誰都看得出姚的尷尬處境，班導師從不掩飾對他的不耐，特別愛拿他開刀來殺雞儆猴：「留級一次還不夠嗎不想讀就去高工高職你們若不是那塊料也不必受聯考的苦乾脆回南部做學徒……」

被罰站的姚立在黑板旁，一身中華商場訂作的泛白窄版卡其服，小喇叭褲管尖頭皮鞋，沒一樣合校規，竟然臉上總能出現懺悔的悲傷，讓人分不清真假。下了課，其他同學都不知如何是好，只能避開不去打擾。我的座位就在姚旁邊，平常互動雖也不多，但碰到這種情況，我總會等姚回到座位時，默默把自己上一堂課的筆記放在他桌上。

很多中南部的孩子都來擠北部的高中聯考，姚也是那種早早北上求學的外宿生。可想而知，家鄉父老多開心他考上了北部的明星高中。那表情也許不是裝出來的。看見沒開燈的教室裡的那傢伙，不用猜也知他欠了多篇作文。

學期就快結束了，那人正在拚了命補作業。過了這學期，高二開學大家就要重新分組分班。我選了社會組，當教員的父親並沒有反對，覺得將來若能考上個什麼特考擔任公職也是不錯。重理工的年代，社會組同學鐵定是不會留在原班級了。站在教室外，想到過去這一年，好像也沒有特別的回憶。

若真要說，可能就是姓姚的這個留級生吧？出於同儕的關心，我常會注意姚的成績究竟有沒有起色，奇怪他每天都在忙什麼，怎麼作業永遠缺交被罰？因為他的漫不經心，因為他兩天不刮就要被教官警告的鬍渣，因為他那張塞滿了球鞋運動褲漫畫作業簿參考書的課桌椅，都讓我無法忽視姚的存在。

姚慣把東西留在學校不帶回家，外地生沒有自己的家。一個學期下來，他的雜物持續膨脹，多了雨傘泳褲汗衫籃球與工藝課的木工作業，頗為可觀。有的塞在課桌椅的抽屜裡，有的藏在座位底下，或掛在椅背上，猛一看像是有某個流浪漢，趁放學後教室無人偷偷溜進來築起了克難的巢。

發現有人走到身邊，姚沒停筆，匆忙看了我一眼。「喀喀喀，我完蛋了，今天補不出來我國文要被當了！」

那傢伙在這種情況下還能好心情，讓我吃了一驚。

「你怎麼還沒回家？」

「剛剛社團練完。」

那傢伙停下筆。「讓我看你的吉他。」他說。

沒想到接過吉他姚就行雲流水撥彈起來了，金克洛契〈瓶中歲月〉的前奏。只彈了前奏，唱的部份要出現的時候他就停了，把吉他還回我手上。

「我破鑼嗓子。」那人道。

兩人接下來並不交談。我也沒打算走，對方也不介意有人一直在旁邊看他鬼畫符。校園變得好安靜，剛剛姚彈過的那段旋律彷彿一直還飄在空氣中。突然覺得這景象有趣，我想像著自己也是離家的學生，和姚是室友，我們常常晚上就像現在這樣，窩在我們共同租來的小房間裡。

室友，多麼新鮮的名詞。不是同學，不是兄弟，就是室友。在家裡排行老大的我，底下兩個弟妹，一個國中，另一個才國小。回到家裡對弟妹最常出口的一句話就是：「出去啦！不要隨便進我房間！」但是那一天的黃昏，和姚這樣自然地獨處在教室的角落，一個假裝的房間，我第一次發現到，男生在一塊兒不一定就得成群結夥吃冰打球。

「你唱歌給我聽。」

「為什麼？」

「因為我覺得你唱歌應該很好聽。」

「為什麼？」

「因為你說話的聲音很好聽啊！」

那傢伙並不抬頭，翻起作文簿算算到底寫了幾頁，又再繼續振筆疾書。

「怎麼樣叫說話聲音很好聽？」

「嗯…就是，睡覺前聽的話會很舒服的那種。」

「喔，你意思是說，像李季準那種午夜電台的播音員嗎？」

也不懂這句話哪裡好笑，竟惹得那傢伙先是噗嗤一聲，接著一發不可收拾：「哈哈哈——對對，哈哈哈，就像那樣。」

平常只見姚愛擺一張酷臉，要不歪著嘴角笑得頂邪門。原來那人大笑起來是這樣的。他這樣開朗的笑容很好看，我也跟著笑了。

＊

姚的長相稱不上帥，至少在當年還剃著平頭，土氣未脫的時期，他不會是讓人一眼留下深刻印象的那型。五官比例中鼻子有點嫌大，一臉青春痘被擠得紅瘡瘡的，那口整齊的白牙齒恐怕是他最大的加分。但是他的笑聲讓人覺得很溫暖，平日吊兒郎當的留級生其實一點也不頑劣。眼前的姚幾乎可以說是一種迷人的組合了，一個還帶著童心的，十八歲的，男人。

只有兩人獨處的當下，那傢伙彷彿變了一個人。果真就為他唱完了那首〈瓶中歲月〉。姚要我再唱一首，說是這樣寫作業才不無聊。但是這回姚沒有安靜地聽歌，我一面唱，姚一面插話跟我聊起天。

「ㄟ我跟你說，我前幾天遇到一件很奇怪的事。」

姚的語氣平淡低緩，頓挫中和吉他的絃音巧妙呼應著，有一種奇特的溫柔。我等對方繼續開口。

「晚上差不多快十二點了——啊？我也忘了我那天在幹嘛。對啦跟以前的同學打彈子。反正我常常在街上晃到很晚。這個不重要。快十二點了。我在火車站那邊，等了半天公車也沒來，大概已經收班了，我就想用走的吧也還好。然後有一輛車就停到我身邊。我覺得我在等公車的時候那輛車好像就在附近了。車子停下來，一個大概三十多歲的男的搖下車窗問我需不需要搭便車。那個人西裝筆挺，還滿帥的，我想說也好啊，男生搭便車也沒什麼好擔心的，對不對？上車就閒聊啊，我也沒注意他好像在繞遠路。我跟他說我住外面的學生套房，他就問我一個月多少錢，然後跟我說很貴，他家空房間很多，可以租給我，打八折。平常他經常出差不在家，所以等於我一個人住四十坪，他也希望有人看家比較安心。我想就去看看吧，搞不好還真給我碰上這種好運——」

和絃早已不成調了。是姚這樣鄉下出來的男生不懂得防人？還是像我這樣的台北小孩太過警覺世故？

突然不希望對方再講下去，同時卻又非常想知道後來發生的事。

「到了他家，他又說太晚了。要不就乾脆睡他那裡。他家在內湖嘜，我已經累了，就想說別再跑來跑去了。他家只有一張床，不過兩個男生，有什麼好怕的，對不對？我先洗完澡就睡下去了，過一會兒醒來發現他躺在我旁邊，用手在摸我那邊。幹！我跳起來，教他不要這樣，很變態ㄝ！我實在很睏，但是他就不讓我睡，一直摸我，我最後受不了了，跟他說我要回去了。」

「那他……那個人就開車送你回去了？」

「當然沒有。我跟他說我要坐計程車，給我五百塊。離開的時候已經早上快五點了。我最後是走去總站等第一班公車。」

想像中共租的小房間裡已經沒有音樂了。姚說，沒想到給他賺到了五百塊。

開始感覺到暈眩。上下學通勤的公車上，我也碰過類似這種教人不舒服的事。

沙丁魚罐的空間裡，有人在後面頂。不是偶然的擦撞，而是有規律的，持續的，朝著身上同一個部位。根本連旋身回頭都不可能的車廂人堆裡，碰到這種事只能假裝毫無反應，閉起眼默背著英文單字。從沒跟任何同學問起，是否他們也碰過這種令人厭惡、又教人不知所措的經驗，因為難以啟齒。

羞愧。為什麼是挑中自己？

震驚。那會是什麼樣的人如此膽大包天？

下意識裡某個看不見的警鈴已經從那時候開始時時作響。如今回想起來，那種偷偷摸摸只敢在對方身後如動物般磨挲的低劣舉動，已悄悄啟動了對自己身體突然產生的自覺意識。

我已經發育得差不多快成年的男體。

不敢向任何人提起公車事件還有一個更重要的原因。我真正厭惡的是那種偷襲的行為，而非有人對我的身體有如此的興趣。

國中時跟比較要好的男同學牽手勾肩也是常有的，整個人趴伏在對方冒出悶溼體熱的背上，有一種很安心的親切感。但上了高中後，班上同學便很少再有類似嘔玩的行為。為什麼其他人就比我先明白了？明白大家現在擁有的已經是不一樣的身體，不再是不分彼此。現在的這具以後將有不同的用途，十七歲的我不是不知道答案。但想到這具身體將成為生殖製造的器具，想到和女生裸裎相對，我的驚慌不亞於被陌生男人觸撞。

公車上的偷襲令我感覺到污穢，並非因為身體受到侵犯，而是被這樣污穢的人挑中，成為猥褻對象。這似乎是在暗指，我與他們根本是同路貨色。

害怕自己身上或許已散發了某種不自知的淫賤氣味，已被對方認出，正好藉此恐嚇：你的存在已經被發現了，莫想再繼續偽裝了，我們隨時可以將你綁架，帶你回到那個你本應該屬於的世界，如果你敢不乖乖就範的話……

但是這種事姚竟然在旁人面前說得如此坦然。

那麼現在該輪到我來說在公車上的遭遇嗎？大家交換了這種秘密以後就算哥兒們了，是這樣嗎？我不安地避開姚的注視。

也許不過是一則少男成長過程中探險的插曲，也或許是命運揭曉的前奏亦不可知。不敢驚動姚的若無其事，被一種無形的氣壓鎮住，彷彿那當下，多做了任何反應都會引發生命中的山崩落石。

姚試圖對我微笑，暮色昏照中那傢伙臉龐上的骨廓顯得更加突出，石膏人頭像似的。姚一直還在注視著我，彷彿期待我進一步作出什麼回應。不敢再抬眼看姚的表情，目光落在對方不合校規的泛白卡其制服包得緊緊的大腿上。視神經不受自己意識指揮了，自動調到特寫對焦。

姚的胯間，鼓凸出一脊峰脈。某種抽象浮雕藝術，隱喻著原始的激昂。

「你——趕快去寫你的作文吧！」

極力故作鎮定，卻仍聽見自己聲音裡無法克制的顫抖。姚低頭看了看他的胯間，又把眼光移回我的臉上。

「你碰過『那種人』嗎？」

他收起了笑意。我彷彿看見被班導訓斥時的姚，讓人分不清是誠心認錯還是故作懺悔狀的他，臉上那種無辜卻又像置身事外的歉然表情。

那種人。我永遠記得姚的措詞。印象中那是生平第一次，我從旁人口中證實了有關「那種人」的存在。一種變態的代名詞，像是隱形的詛咒。我與姚立刻發出了厭惡的啐聲，彷彿那樣就可以擦去了「那種人」在我們四周留下的躡手躡腳的證據。

教室裡的光線更稀薄了，幾乎要看不見彼此的臉。也許當時下意識裡，我們在等待的就是這一刻日光徹底的消褪。只有在晦暗不明中，我們的不安，我們的好奇，我們的苦悶與寂寞，才不會留下影子，成為日後永遠糾纏隨行的記憶。

我們才不會成為，那種人。

*

姚猛地從座椅上站起了身。那身形輪廓表情都成了灰濛的一片，只剩下聲音與氣味。呼吸聲濁重了起來，究竟是自己還是他的喘息？彼此身上還殘留著游泳課後揮散不去的漂白水氣味，涼涼地喚醒了身體在水中受壓的記憶。姚突然握起我的手，一個猛勁往他腿間的鼓起拉去。我閉起眼，用力握住手掌下那輕微的跳動。

那一瞬間，我想到也許自己正企圖捏死一隻活生生的小鼠。

姚一手按住我，一手扯開自己的褲襠拉鍊。面對了爆脹的那柱赤裸，原本激動忐忑的情緒一下子轉為了憂傷與失落。原來我的身體裡面住著一個無賴無能、卻對我頤指氣使的叛徒。這隻蠢蠢欲動的地底爬蟲，嗅到了生命驚蟄的氣味，已然與公車上那些猥褻的男人們開始分享起愉悅的秘密。我對抗不了這個叛徒。

如同被這個叛徒綁架，當下腦中只有服從，讓這事能夠就此快快過去。那年頭還沒有霸凌這個說法。那年頭對很多的事都沒有說法。尤其對於那一刻我所經驗的。感覺低級，又情不自禁的那種身體與靈魂的衝突。縱使嫌髒，我還是伸出了舌頭。

在錄影機還沒發明的那個遠古年代，A片尚未深入每個家庭擔負起性教育的功能，十七歲曾有過的性幻想僅限於擁抱與親吻。我甚至不記得在那樣草率匆忙的兩三分鐘裡，自己的胯間有出現什麼樣的反應。並未準備好與內心裡的那個衝動焦慮的叛徒從此共存，但舌尖上卻永遠沾存了那瞬間幾秒中所發生的困惑、尷尬、驚慌，以及奇異的一種，如釋重負。

但同時，十七歲的我，恨姚竟連一個像樣的擁抱或深情的親吻都沒有。恨姚已經看透了自己。（他會不會說出去？）恨這以後只能更加活在驚恐中，從那一刻起已經就要開始盤計著，從今以後如何讓自己隱藏得更好？（真的就只是如此了？還會不會再發生一次？）為什麼這樣不經意的撩撥方式就可以輕鬆卸除了我的防衛，難道——

姚伸手想為我擦拭，卻被我推開。

默默從膝跪的姿勢中撐起身，微微搖搖晃晃。遠處籃球場上的燈光已經亮起。扶住桌角無法步行，無意間瞟見我的吉他，孤獨地躺在課後才被拖把舔過仍濡亮的磨石子地上。這時身後環來一隻臂膀摟住我的肩胸，隨即耳邊出現姚的啞嗓，一句句帶著濕熱的呼氣，全吹進了我的領口裡：

「好啦對不起啦！……不是故意的嘛……我都跟你說對不起囉，不可以生氣喔！也不可以跟別人說，好不好？……不過剛才真的好刺激喔！……不懂為什麼我馬子她就是不肯幫我吹！」

*

那時的姚，那個大我一歲的留級生，粗魯，吊兒郎當，卻讓我第一次理解到，男人的性感原來還帶著一種類似愚蠢的安然，像一隻不知所以光會伸出舌頭呆望著草原盡頭的小豹子。

男人的性感最好是那種懶且健忘的。因為他不再記得你，他才會成為你經驗中無法超越的刻度。

那麼在姚的眼中，那個在暮光靡爛中，捧住他青春之泉的我，是顯得虔誠？還是卑微？當時以為，與姚永遠不可能有討論這個話題的一天。不需要立誓的默契，有關那天的一切，本以為早在走出教室後便劃下句點。

高二分組，與姚進入了不同的班級，教室位於不同的樓層，幾乎連在走廊或福利社撞見的機會都微乎其微。

轉眼聯考進入倒數計時。畢業前的校慶晚會上，我帶著吉他社學弟們上台做了在校的最後一次演出。

當天下午校園裡擺滿了攤位，遊園會的盛況吸引了台北各校的學生，一向封閉的男校裡，一下子多出了這麼多女生，讓校園裡的氣氛更加顯得熱烈。在禮堂做完最後彩排，拎著新換的鋼絃吉他，走過那些歡樂的人群，不經意眼角掃過一攤。煞有介事擺著水晶球在做塔羅算命的帳篷前，站立了一個熟悉的身影。姚瑞峰抱著一個女孩，兩人的臉幾乎貼在了一起。視線不自主往下移，看見姚那雙被褲管緊抱住的長腿，三十度微張，從矮他一個頭的女孩身後，跨夾住了對方的腰線。想是在抽牌問聯考，因為隨即便聽見姚一聲歡呼：「哇真的假的？會考得很好？」姚誇張的語氣夾在女孩開心的笑聲中，一樣是那麼雄性的粗啞。

「咦？——鍾書元？」

逃不掉了，只好停下步子。

「這是我女朋友，」姚一伸臂把我拉近到他們身邊：「這是小鍾，我們高一的時候同班。」

是同一個「馬子」嗎？還是又換過了？當然我不會笨到真的問出口。

「要抽一張嗎？」姚問。我搖搖頭。然後姚看見我手中的吉他，開始對女孩吹噓我的自彈自唱有多厲害，接著問我今晚是否要上台表演。

「貝比，小鍾要表演，我想留下來聽……電影改天再去看嘛，我們先去吃東西，吃完東西回來看小鍾表演……小鍾，你今天要唱什麼歌？」

「瓶中歲月。」

「喔。」

姚眨了眨眼，臉上還是掛著笑。「那更是要去聽了，你的名曲呢！」

是的，特別來為我高中最後一次演出鼓鼓掌，也算是一種對我的，算補償嗎？那時在心中掀起的酸與怒，已然是我日後在感情路上不斷顛簸的預告。

我不是唯一。圈子裡有太多像當年的我如此一廂情願的人。

嘴上總說一夜情沒什麼，卻總不相信對另一個人來說，那就只是一夜情而已。甚至於，明明並非真的覺得有喜歡，但也不能接受對方擦擦嘴就算了。不不，不是因為你喜歡的是男生，如何對十八歲在遊園會的算命攤前，被姚幾乎要搞哭的那個我解釋：異性戀也是一樣的，有人要攻，有人就要懂得守。當你懂得扮演攻的一方，一旦大膽成功過之後，就不會再像老處女一樣總是陷進自己沒守住的哀怨裡了。懂不懂？懂不懂？——

夏始春餘的四月天，日間接近暑熱的氣溫，到了晚上卻又開始驟降，成了讓人得環臂抱胸的颯涼。

演出後沒有立刻回家，也沒有坐進觀眾席觀賞接下來的表演，我獨自站在禮堂的後台側門外，等待。等待自己猶豫，失望與緊張的心情，能終止喧譁。我以為它們之間停止互相的指責與奚落後，我就能回到高一時，吉他社練習完就直接回家的那個自己。如此我就能鬆一口氣，恍然大悟，那天黃昏的教室裡其實空無一人，那個窗邊位子上趕作文的男生，不過是我的想像。

台前土風舞社上場，音樂聲起，是下午一遍遍重覆排練到我都已會哼的一首俄羅斯民謠。學弟們邀了北一女的土風舞社同台演出，果然台下的歡聲鼓譟雷動，站在禮堂外都能感受得到場子裡發情的騷亂。沸騰中的荷爾蒙化為五彩汽球，同時不斷發出一顆顆卵形泡泡被惡謔擊破的連環爆響。禮堂裡的青春進行式，距離自己是那麼的遠。

場外的風卻更寒了些。

直到我明白，什麼也等不到了，才默默在夜涼中移動起腳步，往校門口方向那盞被飛蛾蟲繞的路燈青光走去。

*

僥倖地掛上了北部國立大學，卻是毫無興趣的一個冷門科系。高二分組之後與姚瑞峰之間完全失聯。甚至沒有企圖去打聽過，姚後來考上了哪裡。

但是我並沒有忘記。

回憶的畫面中，對方已模糊成一個影子。姚留給我的只是一種氛圍，一種電流似的感應，一個類似充氣的人形而已。形貌的細節早已被不同的陌生人替換。在校園或是在書店裡，一張張讓目光不自主停駐的臉孔，轉貼到那個人形輪廓之上。色香觸味，移花接木，自慰時便可有一再更新的版本。

Beta影帶還沒被VHS打垮的年代，出租店裡的密道領進不見天日的暗藏隔間。滿牆的盜版，寫著像是「花花公子精華版」、「歐洲香豔火辣性愛大觀」的悚動醜怪字樣。相較之下，我其實更偏愛超市貨架上，各款男性內褲包裝上的那些照片。內褲男模們不設防的無邪微笑迎接我的飢渴注目，他們自然歡喜地袒露半身，胯間的勃起若隱若現，好像他們是神的作品，本就該獻出無私地予世人共享，全然不在意我的想入非非。一直要等到超市經理走近，我才意識到自己的行跡在旁人看來何等詭異，匆忙轉身，然後朝出口故作平靜地慢慢踱離現場。

已知其味，卻未曾真正食髓，是我緊守住的最後一道，自欺欺人的防線。

曾經，公車上令人無措的陌生人身體接觸，如今竟成為釋放我的弔詭救贖。那些短暫的意合，技巧地傳情，如同一場迅速又短暫的告解，承認了自己的罪，也赦免了彼此。入會的儀式暗中完成，不驚動任何人。更重要的，生存的訊息藉此傳遞。我們的故事彼此心照不宣。握著拉桿的手掌偷偷併靠，小腿若有似無地輕輕貼觸，沒有多餘牽扯，下車後一切歸零。

無下文的旅途，短暫為伴，適時安慰了兩個陌生人。在轉身後，我們又可以鼓起勇氣，重返異性戀的世界，繼續噤聲苟活，並開始習慣失眠。

總是不明原因突然驚醒，枕旁的收音機一夜沒關，窸窣不明的訊聲乍聽像是潛意識發出的雷達呼救。同樣的ＩＣＲＴ頻道，同樣的低音量，傳來聲波如水，如同站在夜黑的岸邊，河面上看不見的行舟傳來遙遠的歌聲。菲爾柯林斯當紅的幾首歌，〈One More Night〉，〈Take a Look at Me Now〉，似乎總在同一時間播出。要不然，就是葛倫佛瑞的〈The One You Love〉，喬治麥可的〈The Careless Whisper〉，都是悲傷男人的耳語。

可不可能有一天，男人唱給男人的情歌，也可以像這樣公開播放，風靡傳世？

距離那一天，還有多遠？

無法再入眠的凌晨，只能悄悄潛回心底那間迷亂密室裡蜷縮，聽著外頭世界的塵暴一步一步越來越逼近。覺得自己像是一個越獄脫逃的犯人，躲在某個偏僻的小旅館中，想起了過去清白無罪的人生。想到這一生將與如此漫長無盡的寂寞對抗，未來，只有兩種選擇。全副武裝做好打死也不認，偽裝到底的準備，要不，轟轟烈烈談一場被這世界詛咒的戀愛，然後……會有然後嗎？

這隨時會被風沙襲摧的小小藏身處，甚至容納不了另一個人與自己相依。

我幾乎沒法正常地上下課，沒法跟大學班上的同學正常地互動，唯一能讓我感覺安全的時候無非就是當抱起了吉他，在別人的和絃中化身成為一個個不同的癡情角色。

因為只有這時候，沒有人會懷疑我情歌的對象。

作伴

一九八一年八月

收錄於《作伴》（一九八六；復刻版二〇一八）

他在班上一直是最小的，別人十八歲都快靠了岸，就他一個人還在慢慢划他的十七歲。

不只這些，名字裡帶個「小」字，小霖小霖，班上的人都這樣叫他，旁人還以為這是個外號，聽著就像是小一輩的人物。

他一直沒多大改變，身高一七〇，近視三百五。晃晃蕩蕩了兩年，依舊不老。他喜歡夏天，一到了夏天，自己都覺得自己是個人物了。也許是一個人實在太寂寞，東走走西看看，總想是一覺起來，什麼都不一樣了吧?!他在那時候就差去追太陽那般瘋狂了，到處的闖。合唱團都在炎炎午後和知了一塊兒唱：「千山萬水，萬水千山⋯⋯」他記得每次唱到這兒就斷了，他們的音樂老師就要示範一次。她說她不是主修聲樂的，可是她也捧著心唱，唱得他後來就在合唱團散後的音樂教室裡獨自也唱，還被老師聽到過一次。那老師愛繫蝴蝶結，頭上是領上也是，鞋上也停了兩隻，她只笑笑沒怎麼下評。後來他不去聽了，因為總是那兩首歌，他以為自己唱得已夠好。他真喜歡音樂，就同自己從不認得五線譜一樣，從也沒人知道。

同學們還是一樣的，「靜者恆靜，動者恆動」。他們偶爾會談起聯考，只有他們幾個在說，真正一旁看書的沒人理他們。他說他要考新聞系，沒有人反駁他；家裡沒人催他讀書，學校裡也沒有，就這樣貪玩了起來。直到柳宗坐到他後面，他才覺得不好意思。柳宗英數很好，不怎麼愛講話，可是和他也聊，同班一年多，他倆還第一次那麼有話說。他覺得柳宗人不錯。羡慕他生活得很有規律，還會教他數學，也喜歡穿黃色的襯衫。

班上的事情很少驚動過他，難得那年暑假，他怎麼那麼主動報了名參加班上的露營——還歡迎攜伴參加哩。大家告訴大家：石小霖也要去，結果柳宗也跟著報名。那次露營空前爆滿。他每次郊遊都找不到可玩的，無聊得很；有水就一個人打水漂兒，有樹就一個人爬上去，對著天空唱歌。唱的還是那兩首，奇怪的是唱到「千山萬水，萬水千山」，他也會停下來，後來根本就忘了後段怎麼唱。就這個樣子，他自己都不知道怎麼會惹來旁人打聽自己：「有個坐在樹上，很性格的男生是誰？」同學聽了都笑，衝著那些傻女生直說：「就是我啊，就是我啊！」

儘管這樣，還是有人電話打到家裡來。洩漏他家電話號碼的傢伙後來自了首，他反倒不在意了。在校園裡，見了自己同學雙雙對對，他異常豁達地過去搭訕閒扯，第二天，人家就會告訴他，有人說他很有氣質。那一陣子，是他最瘦的時候，趁洗澡時候照照鏡子，湊近了端詳自己，果然發現，自己有著兩片希臘雕像式的薄唇，下巴上還有條小溝，臉頰像是削尖的拋物線。後來，他就一直沒能維持那時的體重，小溝溝也沒了。

他一直到了高中，才和女生斷了關係，從小都是男女合班上來的。一個小學女生，和他斷斷續續地，等她上了高中，也是瘋得忘了他。他對這些女孩子很灰心。有時會有同學從郊遊回來後告訴他：「昨天有個女孩說認識你！」他才知道，他那個舊的女朋友，現在花得不成樣子。「啊！你說她呀？醜死了，從來沒有好看過。……也許她去美容過？以前都是她打電話來，我不敢碰。」他這樣子回答，對方聽了當他是玩笑，他不再多說。一個電話打一個多小時的日子是童年，他不急，從此就不再為這個急過。

原來他們紮營的地點在河床邊，石堆磊磊。一路沿著河走來，河水嘩嘩沖著兩岸，就和一行中的女孩子們一樣嘈。大家一個石頭跳著一個石頭，他邊跨邊望腳下的水流中，細悠悠的草髮浮游。原來是女孩子們膽小沒了聲音，才顯得這處的深靜。

當晚安排妥貼，也沒什麼吃的，大夥兒興奮得沒胃口，胡亂遞了幾個麵包咬幾口。班上的人還很顧著他，直問他：「餓不餓？」被別的女生們聽到，全掩著嘴笑。柳宗根本沒吃，一個人坐在一邊喝汽水，他想起來回頭去看他，對方朝他搖搖易開罐空殼，旁邊還坐著一個人。人家說那是他姊姊，在讀五專。

第一天見面，彼此沒什麼話題，早早就入了帳。他們一班的班長、副班長和風紀全和他在一塊兒，旁邊睡的是柳宗。聽了幾個葷笑話後，慢慢聲音消了下去，就剩他一個人愣坐在那兒。屁股下是沒剷乾淨的碎石，靜聽帳外的動靜，很怕一個夜就這樣襲了下來。猛地帳篷被人拉開，伸進一個頭：「我弟弟睡啦？」他看清楚是柳宗的姊姊，不好責怪人家怎麼這樣莽撞，只好拍拍枕在他腿上的柳宗，看見他睡得熟甜。

「別叫他，沒事！」女孩的頭髮燙過，一張臉像是在帳口的一輪月光，柔柔淡淡的。幾秒的空白，黑夜又溜進帳裡。「想不想出去走走？」

和柳瓏沿著河岸走去，四方風聲吹來，都是颯颯的感覺，星星則已經是翻覆在一大片海裡了，忽浮忽沉。柳瓏想再往下游走，他住了腳。有一點怕，因為遠處像是黝黑的一個大洞。

挨著大石頭坐上去，任憑河水嘩嘩奔流在自己腳下。柳瓏和他聊柳宗，說著說著，竟加一句：「你們倆很像，哈！」她指的是什麼呢？柳瓏說她會看手相，正正經經地便叫他伸出手來。其實根本是胡扯，他煩了說睏，正要跳下石頭，好像被人拉了一下沒拉住。他站在石頭下往上看，柳瓏一雙眼晶晶地在夜裡閃。他一路向營地趕，什麼都不想。他還是怕夜！他知道，他怕夜會那樣就襲了下來。

回了學校還要輔導，他想來想去，竟然忘不了那晚，還有點怕。他沒事打量柳宗，覺得他姊姊和他真不像。那晚回了帳篷剛倒下，原來柳宗醒著的，臥著看了他一會兒，問他上哪兒去了？他不知想隱蔽什麼搖搖頭。柳宗和他平行著躺下，呼吸一波一波。他不知道柳宗究竟知不知道這檔子事？有點後悔當初沒告訴他。

那暑假裡，他膽子大了些，敢穿緊一點的褲子和靴子，衣服更是鮮亮的黃、藍或耀眼的白，大家都不認為看著會不順眼。有時下午泡一下「小美」，走一走書城，柳宗也跟他一塊兒，晚上則約個進度溫習功課，約莫兩個月，就那樣過了。他忘了再提露營的事，沒想到註冊前幾天，柳瓏又打電話來。

第一、二通他沒接，第三通握了聽筒沒開口。到底柳瓏比他大，毫不在乎地說自己的。話裡沒提到柳宗，他心有旁騖；問他柳宗在不在？果然不在。柳瓏約他看電影，他一時沒想到該怎麼引退，慌慌張張搭了句「看哪家？」掛了電話，還呆了幾分鐘，抓了書，就往圖書館去找柳宗。仍然是夜，緊緊抱住了閱覽室的四面大玻璃窗，他逃命似地在柳宗對面坐下，見柳宗看到自己那副德行的驚惶。他沒心情看書，完全在看柳宗，覺得心定了些。柳宗有時抬起臉想問題，迎著他就微微一笑——那表情竟像柳瓏！

開了學，他們班換了教室，靠了大馬路的那一棟。一窗子都是綠，只是下午會西曬。班上有人驚問現在是高幾了！他竟然還是用原子筆把年級塗成三槓。有人則不勝依依地說起和自己天長地久的女孩，在暑假裡怎樣度過了最後一次約會，約定了明年台大見，這似乎有點過分。有些人則還在剪不斷理還亂地苦惱著，真正丟不下了！他覺到班上同學長大了，只是自己仍舊慢別人一拍。他自己都想不清，怎麼和柳瓏出去得就那麼隨便了？他還拿不定主意，平常依賴旁人慣了，不適應擔任起這麼一個角色。

高三不比往常，真的要拚命的。念著都會忘記，為什麼要念，機械而且麻木。他的功課在一起步沒穩下來，一連幾個月都漂浮不定，失常得很。當然這和他的心情及生活脫不了干係。

他一直想起和柳宗在圖書館K書的晚上，他們到了十點，搭了〇東在台北繞大圈，雖然是夜裡了，可是多了個伴便不怕。他們挑靠後的雙人座，出了圖書館就不談功課，拉開窗子，真的是好風如水。

柳宗說話依舊是慢慢地，有時眼光直投向窗外，不朝他看，可是他靜靜地聽，時針滴答滴答流過耳際，他們的日子，確實是在倒數呵！柳宗教他快快收心，挑個整數的日子，三百二十啦，三百整啦……仔細地望望自己的前程。

記得那是五月的時候，離現在卻像是很遠的記憶。（記憶中一到了夏天，便是要赴考場的那種淒涼。）高三的學長們抱著書。東坐一個，西坐一個，把校園點滿了。沒想到，自己已經不知不覺地踏進這種生活裡。柳宗怡然自得，抱著書的樣子，總是一番在吃零食的氣象，眼睛瞟瞟課本，偶爾瞟瞟教室外，他則在走廊上，對他招呼地笑笑。

柳瓏和柳宗對他來說，是兩個集合；而他們兩姊弟又自成聯集。是在疑心，於是有了鬼，他自認為他無能力處理自己這樣的一種生活，因為他一直是個長不大的小孩。

九月的暴雨依舊稀奇，四周水瀑傾瀉，困死了一堆週六午後無處可去的人。說是念書吧，大家卻是親得很，搬了椅子坐成一圈。柳宗人緣是很好的，大家和他嘻嘻哈哈的熟悉，是他和柳宗平常欠缺的。聽著一些笑話，實在有趣。九月，還剩三百天。有人這麼說。

一陣雨過後，他奔至走廊上，望見遠遠的景物，像是畫裡的一筆水墨，溼得恰到好處。陽光一片片貼上金磚，亮麗的好景象。他要柳宗出來嗅嗅雨後的味道。進得教室，一片氤氳，柳宗淡淡地叼著一根菸，欲笑還休地抽了幾口。沒人理他，他愣愣地站在原處。

沒事。一整個下午沒事。柳宗和他六點鐘出校門，他沒有回家的意思。「去我家坐坐？我爸媽今晚都不在。」

那柳瓏呢？該是在家了。屋子裡熱門音樂通天響，一推開門，柳瓏和另一個男孩子盤坐在地上，想是她同學，穿著是制服，中分的長頭髮。兩人一起抬頭。「宗宗，我們吃過了！」柳瓏笑得平和：「小霖，今天和柳宗過得還好？」

「好！」他應了一聲。挨著柳宗，有菸味未消。柳宗不把他當外人，鍋碗盆瓢放了一桌剩菜，就他二人對啄。前廳是柳瓏輕輕的笑，和一個陌生的聲音，沉沉地說話。他想把柳宗放下，趕去前廳和柳瓏會合。

幫著收拾了碗筷，四個人前廳坐著。柳宗看報，那二人放唱片，他則是定定地望著柳瓏。「妳為什麼把頭髮中分了呢？」他問柳瓏。

「這樣好看嘛，小鬼！」沒想到那男孩，撩撩自己中分的頭髮代答。柳瓏面有不悅，嬌嗔幾句。

柳宗柳宗，你姊不能這樣對我——柳宗柳宗，今晚這裡有四個人，四個人哪，我們從來只是一對一的。柳宗，我該告訴你，那一夜，河邊，有風，我和你姊走了好長一段，在夜裡，你姊的笑容像月光，你姊的聲音在電話裡像銀鈴……

他慘慘地支著頭，望望柳宗，對方該算是給了他善解人意的一笑，他至此再也不打算把一切告訴柳宗了。

門外的音樂不可能停的，房間裡就是柳宗的味道，他的書桌、書架、書櫃子，他的衣服，他的床。「你有菸嗎？」他開口便想驚人，柳宗反倒是還他一個默然的神色，他只好住口。「柳宗，你有沒有交過女朋友？」

問題當然是很傻，柳宗點點頭。他知道這個週末注定要在房間裡蹉跎了，就他和柳宗。

那是他對夏天最後的記憶。九月的晚上，銀河醉人，他卻好像再也沒有了牽掛。

還在念幼稚園的我在西門町的人潮裡，就這樣跟我的父母走散了。

我還記得，那是即將除夕的大冷天，但是辦年貨的人熙來攘往，一轉眼我的父母不知去向。人海茫茫，我的視線裡只有一件又一件暗色的大衣。從錯雜的人影中找到空隙就奮不顧身，那是我對尋親第一次的初體驗。

簡直絕望，這樣的人牆！我忘不了我一面在尋找人群中的縫道，一面還抬頭打量那些路人，怕被他們看出我其實已是街頭孤兒。那樣假裝不害怕的努力其實更讓我心裡害怕。

混亂中我被人一把抓住，我看到父母的臉，這才哇地哭出聲來。

好啦好啦沒事了，他們趕緊抱我拍我，我聽得出那聲音裡也滿是激動的驚喜。這是我的第一次走失，很多年後我才想到，這也是父母第一次面臨失去我的驚惶。

接下來他們跟我所說的話，後來一直被我列為人生最需牢記的一件事。

「聽好了，以後找不到我們，千萬別東跑西跑，記得就站在原來的地方不要動！我們會回來找你的。就等我們回來找你，知不知道？」

那一刻我感受到我的父母非常愛我。

我們會回來找你的！這一生沒聽過比這句更讓人心安的囑咐。原來愛就是不要亂跑，等著被找到。

所以我到現在還一直站在原地，都不敢離開半步。

附錄

歸來的人其實未曾離去

——郭強生與孫梓評談《甜蜜與卑微》

紀錄／畢信王

評論者開始談晚期風格，寫作者卻說自己還沒抵達，因為不曾遠離起點。細雨紛飛的台北，郭強生為我們攤開他的《甜蜜與卑微》，便可看出他的變與不變；小說如何承接生命的斷裂——尤其是短篇小說。小說家於變奏中見真章，是早熟也是晚成。至於少作，其實是一個青年藝術家最誠實的自畫像。

關鍵字：回聲

回應文學與人生起點的召喚

「我一直努力透過短篇小說讓自己不斷裂。這關乎我為何成為這樣一個寫作者，如此敏感，注重氛圍，一切都可在選集第一篇〈回聲〉找到源頭。」郭強生說道。

與郭強生同嘗《甜蜜與卑微》滋味的，還有曾在東華創英所受教其門下的孫梓評。從講課台下到對談桌上，是生命也是文學的回聲。孫梓評自陳，先是郭強生的讀者，才是他的學生。

「我最早讀的是〈作伴〉，之後是〈非關男女〉，甚至去找了錄影帶來看。大學參加劇團，公演你的劇本《給我一顆星星》，後來讀《留情末世紀》跟《情人上菜》。那時我在學寫小說，剛好看到如此明快的作品。同時我讀《留情末世紀》，又是非常深沉的小說。」孫梓評細數郭強生九〇年代之作，像風雨故人來，在此悉心迎接。

身為熟稔的讀者，孫梓評形容《甜蜜與卑微》是「郭強生寫作時間長達四十年的冰滴咖啡」，也是郭強生的「文字紀錄片」。郭強生補充：「從手搖攝影到V8再到數位影像，器材不同，但調子一樣。」

文字捕捉了生命的光彩與暗影，凹凸與紋理，不過孫梓評好奇，為何是「現在」想出一本精選集？「出精選，讓我自問：『是寫作的句點還是起點？』郭強生答。

「其實二〇一三、一四年就有出版社向我提議，但我一直覺得精選若不是死後紀念，就該像是很嚴肅正式的，對寫作的承諾。二〇一四年也是我家裡最混亂的時候，我怕出精選就成絕響，再也寫不下去了。這次木馬向我提議，我忽然覺得這四十年竟也走到這一天，覺得『可以的，無論是現在還是以後，還會繼續寫下去吧。』人生還有什麼難關？」

因此，書寫還在繼續中。孫梓評追問郭強生甫出版的《尋琴者》收穫好評，當是手感正熱時，為何不寫一本新的，而是去編集未曾出版過的、與已絕版的新舊短篇作品？郭強生的答案是，這關乎「我是怎樣的創作者」，也關乎精選的意義。

關鍵字：掙扎
在甜蜜與卑微中跟自己對話

精選是自選，是寫作者取回自己生命切片的篇章，「會擔心因為《尋琴者》獲得好評後，不自覺就按著那樣的風格重覆了起來。我希望藉著編選這本集子，提醒自己是怎麼一路走來的，穩住那個寫作的初心，就是不斷爬梳自己。整理作品過程中最有趣的是，四十年來的作品擺在一塊，讀來沒有太大的落差，反讓我很欣慰。表示我並非在玩文字，而是一直在找跟自己對話的聲音。」

然而欲潔何曾潔，《甜蜜與卑微》書名靈感來自王爾德所謂：「我們都活在陰溝裡，但仍有人仰望繁星。」孫梓評問道，這是四十年來郭強生的文學追求，還是體悟？對此，郭強生用「掙扎」形容。

「攤開這些作品，會發現有個主題一直在那，同時掙扎著。」郭強生期望這集子像《都柏林人》或《台北人》，雖然發表時間不集中，但合之是完整的。因此，如果試著為《甜蜜與卑微》定音，郭強生說主題或許是：「自我流放或被放逐，又想回家的人——鄉愁或懷舊。不過英文『nostalgic』更貼近，原意是去了又回來。」去了又回來，是小說家走過地獄變生死場，帶回了些什麼。

帶回了什麼？或許是人生甜蜜與卑微並存的真義。「你以為甜蜜與卑微是分開的嗎？不，它們彼此需要。」郭強生如是說，「在陰溝裡仰望繁星，你說這是悲傷還是甜蜜呢？是卑微還是帶著尊嚴？別人怎麼看這樣的人，他又怎麼看自己？」一連三個問句，是寫作者對身而為人的天問。

孫梓評中途問到，郭強生一向不在課堂談自己的創作，可是在保護些什麼？郭強生說，因為不知道能寫多久，「這也是甜蜜與卑微的心情。」

「生活本身有太多打擊，讓我有很長一段時間無法把寫作放在人生第一位。我常會想為何這麼晚才把注意力放回自己身上。我事後才發覺我媽媽在我國小就有憂鬱症，很長一段時間我跟一名憂鬱症者很親密而不自知，這對我的影響很大。〈回聲〉就是在講這件事。」

郭強生形容：「像住在深淵旁，每天都在爬繩子，深怕掉下去。」寫作因此成為他「生活的反面」——映照黑暗，也對比光潔。正因寫作於郭強生「不是議題不是風格不是架勢」，他後來都跟學生說生活要先顧好，不寫沒關係。

寫作既是生活的反面，短篇小說較之長篇又如何？孫梓評提及，郭強生不但選短篇，也選長篇片段。郭強生說，這也關乎掙扎。

「我想整本書的背景就是我這年代——五年級生的成長。我們曾經很小心很保守很安分，然後嘗試打開自己，世界翻天覆地，自己也天翻地覆，有人沉下去了有人還在奮力游著。」

郭強生強調掙扎，人們在陰溝仍努力仰望繁星的樣態，「五年級這一代，有時被打成了既得利益者，有時被視為反動份子，都忽略了他們在時代翻轉時做出過什麼抉擇。大學畢業時才解嚴，多數沒有機會學習發出自己的聲音，然後一下就被翻牌過去，以至於後來的世代看不到他們的掙扎。我一直觀察時代轉變中的起伏。很奇怪的，我沒看到太多我這個世代的創作者回望一九八〇—一九九〇，不然就是很快翻到新篇，可能是謳歌性別，不然就是後現代，去脈絡反敘事。」

郭強生書寫的目的與疑惑都來自：為何一下就翻篇了，掙扎的過程呢？

「我二〇〇八年重新執筆寫小說以來，多聚焦在那個轉折。那種山雨欲來前的個體生命在經驗的，絕不是社運學運大事紀可以一筆代過。所以我這次更直接把當時的現場、事後的回望，並列在同一個集子裡，讓四十年來的轉折與掙扎有更完整的面貌。同時收錄短篇與長篇節選的意義也在此。」

關鍵字：短篇
因為想記住，是寫也是拼湊自己

至於短篇小說，郭強生也有話要說：「短篇一點都沒有比長篇容易。」

「我最近在看馬奎斯的短篇小說集，他在序言提到短篇有時比寫一本小說還累，我很同意，因為是兩種完全不同的美學。可是華文世界有種偏執，覺得寫得多寫得厚就好。小說無論長短，功夫成敗就是看前一萬字。擺定了之後，後面就是那一萬字的延續。就算時間拉長人物加多，都不脫那一萬字。用馬奎斯的話：短篇小說沒有開頭，沒有結尾，只有寫不寫得出來。」

同時，郭強生認為短篇小說更貼近他的生活。「寫短篇是在危急時刻仍沒放棄想記住些什麼；有股感覺突然爆發，你想把那感覺留住。」至於長篇，郭強生說是寫作路上「一記安打」，是書寫的停頓與變奏，「反而短篇才讓自己一直還留在球場上，每篇之間有情境的改變，連起來又是我人生的樣態。」

「短篇小說可以忠實自己，當你一篇篇寫完，也拼湊好自己。」

談及「自己」這個概念，孫梓評好奇郭強生如何從小寫的「我」到大寫的「我」。他觀察到集中作品前後的不同，「開場那幾篇都跟家人手足有關，可家的意象與牽繫在911事件你回台灣後有了不同。你曾形容這是你個人的除魅，那時你書寫的家或故鄉是否就擴大成台灣，以及台灣是怎樣的地方？也包括『我』從何而來，又是從什麼土地而來？」

歸來的人如何追溯逝去的時間與空間？郭強生說，在台灣剛解嚴沒多久後就出國念書了，後來那十一年在國外的洗禮，才真正讓他看到自己是誰。

「911事件後回台，大家都認為我不會留下來。我那時跟朋友說了一句話：『台灣再不好，它有什麼問題我很清楚，我可以參與，可以改變，可是在美國，我就是個外人。』」

郭強生抱持這樣的心情回台接軌，第一年就遇上母親罹癌，「回來也發現很多東西都不見了，頭一兩年我到處看，漫遊那些面目全非的地方，不是為了哀悼，而是讓自己不要斷裂。」

關鍵字：文字
白描暗湧，寫實生命

其中，日本老房子便是郭強生回台頭幾年常常探望的。他的漫遊終點也是起點——外公住的台北紹興南街舊日本宿舍，「這是我起源的地方，所以我對日本建築有份情懷，無關殖民也無關外省身分。難道人們是先選好了身份標籤才決定如何觀看自己人生的嗎？」

「我的生活一直不脫東洋味道，往過去看，是外公家的舊日本宿舍，往後看，是林森北路條通，所以寫《惑鄉之人》中的日本歌曲與《斷代》中的酒吧，都是很自然真實的生活經驗。」

「我真的看過活過住過，所以該寫。」書寫於他，始終理直氣壯，不隨波不好高，「只是想好好寫一個人的生命故事。」

於此同時，郭強生強調白描寫實功夫。孫梓評說，郭強生曾提及「小說不應該過度雕琢文字，而應使讀者讀後留下哲學思索。」然而，在前作《尋琴者》乃至《甜蜜與卑微》若干篇章，仍可見他對文字的追求。因此好奇郭強生現在對小說文字的意見仍相同嗎？

郭強生的答案是「文字要經營，而非雕琢」。「例如《尋琴者》，大家都說文字很乾淨，其實寫得很辛苦。文字藏起情感的暗湧，同時留下一條祕境牽引人。只有文字可以做到，全部蓋起來了，卻又讓讀者隱隱知道底下有些什麼。」

郭強生所謂的「經營」，也包括文字是否能透露書寫者的思考。「我欽佩卡繆、太宰治，你讀的不止是故事，而是作家直視生命時的心跳與思索痕跡。然而他也不是一個暴露狂，充斥我我我的狂想。我佩服那樣的文字，大開大闔又留下作者的呼吸聲，讓我有東西可以踩，覺得創作也好生命也好，都不是空的。」

關鍵字：純情
現在與曾經都那樣燙手的心

正因文字不是浮雲異想，所以能照見荒謬生命的本質，二〇一二年郭強生接受孫梓評採訪談《惑鄉之人》，他便提到：「我一直覺得被殖民者其實是很妖的。」孫梓評再度引用這句話，稱郭強生將「被殖民者、男同志、鬼魅並置，是很棒的發明。」在《甜蜜與卑微》中，果然選入了〈罪人〉、〈李香蘭〉、〈君無愁〉三篇除魅之作，展示了「從家到國，又從國裡面看見我的存在」。

郭強生先道：「這樣你也看出來了？」接著說，「很怪的，活在台灣的人常常沒發現很多在自己身上的東西，例如被殖民者其實很妖。我當初寫作想的是活在日本房子裡的人，那樣的氣氛文化與感覺，能不能用個人生命歷程來折射？而我看見的日本時代書寫都被制式化了，所以我想，不，我要用一個外省男同志的眼光來寫。」於是有了《惑鄉之人》這樣嫵媚靉靆的鄉土書寫，「因為不是只有一個觀點在感覺後殖民。」

除了批評家常援引的後殖民，同志情感也是集中若干小說著墨者。孫梓評問郭強生把〈留情末世紀〉、〈關於姚……〉、〈作伴〉並列的用意何在？時間刻度上，〈關於姚……〉出自二〇一五年的《斷代》；〈留情〉寫於一九九五年；〈作伴〉則是一九八一年。然而，時間最晚的〈關於姚……〉又是書寫十七歲的心情，三個不同的時間點竟可銜接。

郭強生又先說了句：「又被你看出來了？」接著表示，這是關於一個人在末世紀對幸福與家的渴望，中年後求之不得已疲憊不堪，回去關照那曾經的騷動，發現原來十七歲寫下的作品早已暗藏了生命中的密碼。「所以這本書真的是我寫了四十年的冰滴咖啡。」

因此，《甜蜜與卑微》淬鍊種種郭強生，他說：「那還是我，也都是我。」

孫梓評則註解：「是新的你，也是起點的你。」

寫了四十年，未來還將繼續，郭強生說好像有個東西一直沒變，「或許是純情吧？」這年頭好像很難再聽到自稱純情的人了，說自己純情在這遊戲人間不啻傻子的聲明。我想起郭強生對《甜蜜與卑微》最後的補充是：「不管別人喜歡與否，那都是我，同時我再也寫不出年輕時那樣的作品了。」

純情還是可能的。這是郭強生未曾遠離文學起點的原因。

甜蜜與卑微
40年的守候，換得一個回眸

作　　者　郭強生

社　　長　陳蕙慧
副 社 長　陳瀅如
責任編輯　陳瓊如（初版）
行銷業務　陳雅雯、趙鴻祐
封面設計　莊謹銘
內頁排版　宸遠彩藝
印　　刷　呈靖印刷股份有限公司

出　　版　木馬文化事業股份有限公司
發　　行　遠足文化事業股份有限公司（讀書共和國出版集團）
地　　址　231023新北市新店區民權路108之4號8樓
電　　話　02-2218-1417
傳　　眞　02-8667-1065
客服信箱　service@bookrep.com.tw
客服專線　0800-221-029
郵撥帳號　19588272木馬文化事業股份有限公司
法律顧問　華洋法律事務所　蘇文生律師

初版一刷　2021年1月
初版三刷　2023年8月

定　　價　NT$420
ISBN　978-986-359-867-1（平裝／EPUB）

國家圖書館出版品預行編目（CIP）資料

甜蜜與卑微：40年的守候,換得一個回眸/郭強生作. -- 初版. -- 新北市：木馬文化事業股份有限公司出版：遠足文化事業股份有限公司發行,2021.01
面；　公分
ISBN 978-986-359-867-1(平裝)

863.57　　109022294